少年陰陽師

しょうねん　おんみょうじ

少年陰陽師 叁拾捌

蜷曲之滴

こぼれる滴とうずくまれ

結城光流—著　涂愫芸—譯

重要人物介紹

藤原彰子
左大臣藤原道長家的大千金，擁有強大的靈力。現在改名叫藤花。

小怪
昌浩的最好搭檔，長相可愛，嘴巴卻很毒，態度也很高傲，面臨危機時便會展露出神將本色。

安倍昌浩
十七歲的半吊子陰陽師。父親是安倍吉昌，母親是露樹。最討厭的話是「那個晴明的孫子?!」

六合
十二神將之一的木將，個性沉默寡言。

紅蓮
十二神將的火將騰蛇，化身成小怪跟著昌浩。

爺爺(安倍晴明)
大陰陽師。會用離魂術回到二十多歲的模樣。

朱雀

十二神將之一，是天一的戀人。

天一

十二神將之一，暱稱是「天貴」。

勾陣

十二神將之一，通天力量僅次於紅蓮。

太陰

十二神將之一的風將，個性和嘴巴都很好強。

玄武

十二神將之一，乍看是個冷靜、沉著的水將。

青龍

十二神將之一，從以前就敵視紅蓮。

脩子

內親王，因神詔滯留伊勢。

安倍昌親

昌浩的二哥，是陰陽寮的天文生。

安倍成親

昌浩的大哥，是曆博士。

天空

十二神將之一的土將，是十二神將的首領，雖然眼盲，但內心澄明。

風音

道反大神的愛女。以前她曾想殺了晴明，現在則竭盡全力幫助昌浩。

藤原敏次

陰陽生，在陰陽寮裡是昌浩的前輩，個性認真，做事嚴謹。

我會保護妳，
不惜違背天意。
我會保護妳，
不惜破壞世界天理。
我會保護妳，
不惜粉碎未來。
我會保護妳，
不惜此身墮落為鬼。

1

昌浩睡得昏昏沉沉。

咦？

他轉動眼珠子確認狀況。

好暗。他在從來沒見過的地方。到處都沒有光線，視野卻非常寬闊。眼前像擋著透明的黑色琉璃。

好奇怪，自己明明在睡覺，這是哪裡呢？

他爬起來，環視周遭，看到小怪背對自己站在遠處。

「啊，小怪。」

昌浩鬆口氣，走向小怪。

忽然，小怪回過頭看昌浩。昌浩不由得停下腳步。

「小怪？……」

小怪注視著昌浩半晌，突然改變方向，在黑暗中垂頭喪氣地往前走。

「小怪，你要去哪？」

問了它也不回答。昌浩向前跑。小怪離他越來越遠。

不管怎麼跑，都不能縮短距離。小怪的白色身影，逐漸消失在黑暗中。

「……」

昌浩腦中產生小小的疙瘩，好像哪裡不對勁。

「小怪、小怪，我叫你啊。」

嘴巴說出來的話也有奇怪的感覺；沒來由的某種感覺。

「等等，你要去哪啊！」

拚命跑，跑得上氣不接下的昌浩，突然被看不見的牆擋住了。

心跳怦然加速。

他把手貼在牆壁上。

「……咦……」

他知道自己接下來會說什麼。

「這是……什麼……」

心狂跳起來，背脊一陣冰涼。

透明的牆壁擋住了他的去路，小怪走在離他很遠的地方。

他猛搥牆壁，聽到自己的心跳聲。

對，猛搥這道牆。

一次又一次搥打牆壁，他這麼大叫——

「等等！小怪、小怪，我叫你啊！喂，小怪，你聽見了吧？快回頭轉向我啊！不要不理我！」

搥牆的拳頭根部很痛，逐漸麻痹失去了感覺。

那雙手肌肉結實、手指又粗又長。叫喊的聲音既渾厚又低沉。

心跳更加狂亂了。

他認得這雙手。

小怪不停地往前走。昌浩發現，徘徊在它前方的黑暗，是比黑暗還要漆黑的深邃黑暗。

「……」

小怪停下腳步，蜷曲著蹲下來。黑暗把手伸向白色身影，遮蔽了它。

昌浩的心臟跳得厲害，冷汗直冒，體溫急速下降。

啊，不能這樣下去。不能說、不能叫。他知道這樣下去不行。

嘴巴卻違背他的意志，動了起來。

「不要走……」

小怪完全消失在黑暗中了。

昌浩雙手貼著牆壁，扯開嗓門大叫，叫出了不該說的話。
「不要走，紅蓮！——」

不要走。你要去哪？
他知道前面是什麼。
重複的話、重複的光景。

陰陽師作的夢意味著什麼。

這個夢，
跟那晚作的夢一樣——

◇ ◇ ◇

張開眼睛，只看見一片黑暗。
燃燒的炭火發出微弱的嗞嗞聲。已經撒上灰的炭，似乎還有火勢殘留。

昌浩赫然跳起來，汗溼的頭髮黏在臉頰上。
他厭煩地撥開頭髮，環視周遭，看到小怪閉著眼睛，像貓一樣蜷曲在自己的墊褥旁。
「……」
昌浩盯著那個白色身軀，眼睛都忘了眨。撲通撲通的心跳聲，在耳裡響得好吵，顫抖的身體重複著淺而急促的呼吸，無法控制。
他悄悄伸出了手。
把下巴搭在交叉擺放的前腳上，閉著眼睛的小怪，動了一下一邊的白色長耳朵。
就在它張開眼睛的同時，一道神氣降落在昌浩的墊褥旁。
「怎麼了？昌浩。」
看到昌浩臉上毫無血色，蒼白到連黑暗中都看得清清楚楚，現身的十二神將勾陣皺起了眉頭。
小怪也抬起上半身，訝異地問：
「你那是什麼表情啊……」
昌浩舉起右手，粗暴地抓起劉海，重重地嘆口氣，把肺部空氣都吐光了。
心跳還是緩和不下來，手腳前端冰冷得連他自己都感到驚訝。
季節還是春天。天快亮了，正是最冷的時刻。

火盆裡的炭，昌浩在快睡著前，撒上灰做了處理。那之後，小怪說為了謹慎起見，又來看過處理狀況。

現在想來，在自己完全入睡後，小怪很可能還守著火盆一段時間，保持屋內的暖和。這個時期，夜間空氣還是很冷，昌浩卻沒有冷到要縮起身子的感覺。

他緊繃著臉，默默招手叫小怪過來。

滿臉疑惑的小怪，儘管疑惑還是走到他旁邊。他一把抓起小怪的身體，摟進臂彎裡。

小怪眨眨眼，瞇起眼睛。

以前也有過這樣的情形。

小怪看一眼身旁的同袍，在昌浩臂彎裡啪答甩了一下尾巴。

昌浩的表情糾結。小怪也察覺了。跟那時候一樣，它的尾巴拍打著墊褥。

不同的是，當時十四歲的自己，現在十八歲了。

在黑暗中，搥著看不見的牆壁的手，就是自己現在的手。

就是自己現在抱著小怪的手。昌浩垂下視線，不禁屏住了氣息。

拳頭的根部，像是用力搥過好幾下，都變白了。

心撲通狂跳，莫名的感覺衝上背脊。他毛骨悚然，脖子恍如凍住了。

打破沉默的是勾陣。

「你作夢了？」
昌浩無言地點點頭。同樣的詢問，只是今天詢問的人不一樣。
回答的是小怪。
它強裝鎮定，只淡淡地說出了事實。
「四年前，在黃泉瘴穴被鑿穿前，也發生過同樣的事。」
陰陽師作的夢意味著什麼。
「也可能只是一般的夢。是哪種夢，到時候才能知道。」
小怪把視線從同袍身上拉回到昌浩身上說：
「不過……看樣子，不太像一般的夢。」
昌浩無法回答。沉默意味著小怪的推測是正確的。
屏住氣息的昌浩，垂下了視線。
白色小怪被關進了黑暗裡。
那是四年前暗示小怪、紅蓮會落入敵人之手的夢。
他作了同樣的夢。現在的自己，作了跟那時候完全一樣的夢。
不可能只是偶然。
昌浩咬住嘴唇。那時候也是、現在也是，眼前一片黑暗。黑暗中有什麼人、有什麼東西，要到那時候才會知道。

而所謂的「那時候」，就是事情發生之後。

只知道會發生。

什麼時候、在哪裡、如何發生、發生什麼事，無從得知。

昌浩懊惱得不知道該怎麼辦，覺得自己好沒用。

他不像當時那麼害怕，也不再直打哆嗦。

只是氣自己不成熟，還沒辦法看透未來。

坐下來準備吃早餐的昌浩，在餐桌前默默合掌表示感謝，從他慘白的臉看得出他一夜沒睡。端湯來的露樹，看到昌浩的臉，皺起了眉頭。

「昌浩，你怎麼了？臉色很差呢。」

在旁邊坐下來的母親顯得很擔心，昌浩微微苦笑地說：

「我只是沒睡好……今天的工作可以按時結束，回家後再好好睡，把昨天的份也補回來。」

「沒累過頭吧？」

「沒有，放心。」

昌浩點點頭，讓一再詢問的母親安心。露樹看著他的臉，終於放心了。

端坐在餐桌前的吉昌和晴明，都盯著昌浩。昌浩注意到他們的視線，疑惑地交互看著祖父與父親。

「怎麼了？……」

吉昌回說：

「沒什麼，只是很久沒看到你這麼疲憊的臉了。」

「唔……」

仔細一看，吉昌還有點感動呢。

昌浩半瞇起眼睛說：

「什麼意思？」

「我還以為，你在播磨待了三年，身、心都長大人了呢……」父親眼神柔和地說：

「結果天性還是很難改變呢，對吧？父親。」

有心事時，還是很容易看得出來。

「就是啊。」老人回應望向自己的兒子，嘴角綻開笑容，擺出好爺爺的神情接著說：

「對了，昌浩。」

「什麼事？」

今天的早餐是稀飯。盛在碗裡的稀飯還冒著蒸氣，很適合在陰曆二月還很冷的早上吃。昌浩對著碗呼呼吹氣，把稀飯稍微吹冷才開始吃。晴明指著自己盤子裡的沙丁魚，對他說：

「昌浩，拿去吃吧。」

出其不意的話，讓昌浩瞪大了眼睛。

「咦？喜歡沙丁魚的爺爺居然會說這種話。怎麼了？是身體哪裡不舒服嗎？還好嗎？有沒有發燒？父親，別默不作聲，您也說說話啊。」

昌浩像放連珠砲似的說了一長串，把碗放下來，欠身向前。

晴明無奈地看著他說：

「爺爺只是想把自己喜歡吃的東西，讓給滿臉疲憊還是吃得很開心的孫子，你卻這樣糟蹋爺爺的心意，爺爺好難過、好難過啊。」

「不是糟蹋，是客氣、是貼心。沙丁魚很有營養，所以爺爺一定要吃。好了，別說這個了，您剛才要跟我說的不是沙丁魚吧？是什麼事？」

嘆口氣，重新坐好的昌浩把話拉回主題。

晴明邊把筷子伸向沙丁魚，邊開口說：

「算了，我自己享受。」

「我不是從剛才就請您這麼做嗎？乾脆也把我的一隻吃掉吧？反正有兩隻。」

「哦，是嗎？那我就不客氣了。」

「是、是，請用。」

昌浩雙手端起盤子遞過去。晴明伸出筷子夾起一隻，放到自己盤子裡。

這時候，看著他們你來我往的吉昌乾咳了一聲。

「父親，可以說正事了嗎？」

「啊，對了，昌浩，你今天回家後，跟我去一趟竹三条宮。」

昌浩的筷子才碰到沙丁魚就停下來了。

「什麼？」

晴明拿著碗，對訝異地眨著眼睛的昌浩說：

「你昨天不是帶回來一封公主寫的信嗎？」

昌浩點點頭，放下碗和筷子，端正坐姿。

昨天他的確去了竹三条宮，臨走前內親王脩子交給了他一封信，收信人是晴明。他回到家後，立刻交給晴明，就回自己房間查資料了。

在一個月前的猜謎比賽時，脩子要求皇上讓昌浩成為竹三条宮的御用陰陽師，皇上答應了。

這件事是在昌浩不知情的狀態下決定的，然後透過陰陽頭頒佈聖旨給昌浩。他沒有拒絕的自由，也沒有拒絕的理由。

竹三条宮的主人是脩子。現在，昌浩是比任何人都接近脩子的陰陽師。

皇上和左大臣會答應這件事，除了內親王的懇求外，應該還有其他理由。

昌浩的祖父安倍晴明，儘管老了，依然是當代第一大陰陽師，名聲屹立不搖。

藤原家族的首領左大臣家，從曾祖父忠平那一代，就開始仰賴安倍晴明。以晴明為首的安倍一族，從那時候起，儼然成了與左大臣家相關的貴族們發生大事時的避風港。追隨左大臣家的貴族，都可以仰賴安倍一族的特異能力。

昌浩自我要求，在播磨國菅生鄉嚴格修練了將近三年，最近才剛回來。到目前為止，還沒展現過他的實力和智慧長進了多少。

不是他故意隱瞞，只是覺得沒人問起，他也不好意思說自己可以做到這樣、那樣，到處炫耀。

回京城才知道已經當上陰陽博士的大哥成親，對他說炫耀也沒什麼好處，還是一步一步來，適時展現吧。

沒有人叫他表現，他也沒有刻意隱瞞。在猜謎比賽時，他以只有家人知道的方式，展現了修行的成果。

沒想到也因此得到了內親王脩子的肯定。

這位皇女的聰敏，令人驚訝。連成親都說她實在太可怕了，竟然可以趁大家都還沒察覺，就先指定安倍家除了晴明外最具實力的昌浩，做為自己的御用陰陽師。

然而，換個角度來看，把安倍一族當成御用陰陽師的脩子，在皇宮尤其是後宮的險惡權力均衡圖中，可以說是靠向了左大臣的陣營。

脩子的同母弟妹敦康親王、媄子內親王，也是由左大臣的第一千金中宮彰子撫養。彰子還沒有孩子。在她還沒有懷孕跡象的現在，左大臣把當今皇上的孩子握在手中，有為萬一做準備的強烈意圖。

晴明知道，聰明的脩子一定也明白這種事，所以才想擁有會真正站在自己這邊的陰陽師。她選擇昌浩而非其他人，是因為從小的緣分。昌浩向來真誠地對待她，所以促成了這樣的機緣。

這是好事還是壞事，晴明也不知道。

「公主很喜歡你給她的櫻花枝。」

聽晴明這麼說，昌浩想起脩子昨天的模樣。

花之女神木花開耶姬賞賜給他當獎賞的櫻花枝，他拿去竹三条宮，獻給了脩子。

他絕對不討厭美麗的東西，只是覺得放在自己這裡，不如送給女性，花會綻放得更有意義。
果不其然，脩子非常開心，命令藤花連凋落的花瓣都一片也不能扔掉。
想起藤花在竹簾後面的臉，昌浩喟然而嘆。
命婦對藤花的斥責，以及藤花給命婦的回應，在昌浩耳邊響起。
——我不會嫁給任何人。
胸口小小刺痛了一下，昌浩裝作沒察覺，忍過去了。
「我不會嫁給任何人」這句話，蘊含著她的真正心意，與昌浩抱持的決心一模一樣，分毫不差。
其他人都沒差別。換成其他人都毫無意義。
三年前，在菅生的祕密村落，小野螢曾問過昌浩。
那個佔據他的心，讓他魂牽夢縈的女孩是誰？昌浩告訴她，是個很重要的人。
螢又問他，你們將來會結婚嗎？
——應該不會吧。
這是昌浩給她的答案。
沒辦法，有些事就是這麼無奈。
十三歲時，隔著一張竹簾，他懊惱、悲傷得無法自已。

十八歲的現在，隔開他們的竹簾，證明了無法抗拒的決定性事實。

不能再像小時候那樣把手伸出去碰觸她了。

即便隱瞞真相、隱瞞身分，只要無法否認的事實存在，昌浩就沒有資格、就不會被允許。被隱藏在藤花這個名字底下的她的出身、她的真名，終有一天會被埋入時光洪流的深處。

即便如此，只要她是出生在這個國家最尊貴的藤原家族，而昌浩是守護藤原家族的安倍家族的人，他們就不可能期待超越這樣的關係。

多虧有竹簾救了自己，沒有竹簾的話，自己可能會無意識地追逐她的身影。這時候的自己，眼神一定就像朱雀看著天一、六合看著風音。

那模樣被誰看見的話，就會東窗事發。這麼一來，藤花在竹三条宮的處境就會岌岌可危。實際上，服侍脩子的命婦就察覺到他們兩人之間流露著不尋常的空氣，馬上對藤花提出了警告。

他以為自己很小心了，卻還是發生這種事，他不禁咒罵自己的失態。

那個命婦在已故皇后定子還活著時，對定子又尊敬又崇拜。她傾注無人能比的熱情，要把定子的遺孤脩子培養成優秀的人。因為長年服侍定子，所以皇上對她也很信賴。

被命婦盯上，絕對沒好事。為了藤花，他也必須圓融地打好關係。

心思向來不夠細膩的昌浩，做起來很辛苦。但最重要的是剛開始，怎能不在這時候站穩腳步呢。

昌浩會這麼堅決，還有命婦之外的理由。相較之下，那個理由更危險。

「所以呢，昌浩，公主說可以的話，她還想要一枝……」

晴明說的話，昌浩都聽見了，但只有聲音從耳朵穿過。

發現孫子心不在焉的晴明，瞇起眼睛，加強了語氣說：

「喂，昌浩……你有沒有在聽啊？」

面對嘆息的老人的視線，坐在昌浩旁邊的小怪，嘆口氣輕輕站起來，然後把兩隻前腳放在乍看像是側耳傾聽晴明說話的昌浩耳邊，嘶的吸了一口氣。

「哇！——」

耳邊突然響起聲音，害昌浩沒坐穩，雙手著地。

「哇?!」

他恢復鎮定，轉頭一看，直立的小怪把兩隻前腳扠在腰上，得意地挺直了背脊。

小怪不管昌浩呆愣的眼神，抬頭挺胸對晴明說：

「怎麼樣？」

「嗯、嗯。」

晴明滿意地點點頭，把昌浩讓給他的沙丁魚，從頭部咬掉一半。

「不能要求女神再給一枝，只好去向公主道歉了，你跟我一起去。」

「哦……」重新坐好的昌浩，眨眨眼，瞇起眼睛說：「呃，我不去應該也沒關係吧？」

脩子與晴明的關係，比昌浩更深。不用昌浩作陪，晴明一個人去就行了吧？再說，仔細想想也有點奇怪，獻上樹枝的是昌浩，為什麼是向晴明要另外一枝呢？

百思不解的昌浩提出這樣的疑問，晴明開心地笑了起來。

「她是拿櫻花當藉口，想見見很久不見的我，因為這些日子我都被你們關在家裡。」

昌浩張大眼睛，把臉轉向吉昌。吉昌無言地搖頭嘆息，這是內親王的指示，他不能阻攔。吉昌皺起眉頭說：

「父親，等您回來，就決定去吉野山莊的日期吧。」

晴明沉下臉說：

「你是來真的？」

「當然是來真的，不只我，哥哥、成親也是來真的。」

「唔唔唔唔……」

昌浩交互看著半瞇起眼睛低吟的祖父與臉色鐵青的父親，想起昨天的事。

昨天那三人的確一起討論了這件事。

京城貴族們的委託案，依然不斷湧進來。陰陽助、天文博士、陰陽博士在討論如何減輕晴明的負擔時，昌浩正好從那裡經過。他不經意地說了一句話，成親就突然鼓掌稱讚了他。

昌浩結束工作離開陰陽寮，就去了竹三条宮，所以不知道他們後來討論了什麼。不過，看樣子是決定要實行了。

晴明的注意力轉向了吉昌，所以昌浩拿起了碗和筷子。儘管稀飯都已經涼了，他還是趕緊往嘴裡扒。不可能再向木花開耶姬要一枝櫻花枝，上次那枝純粹只是獎賞。那麼，能不能向左近櫻的母樹要一枝呢？原則上，櫻花是不能砍也不能折的樹木。每棵樹都有可能成為靈木、靈樹，尤其是櫻花樹。也因此，櫻花樹產生魔性的機率比其他樹都高。

所以不能隨便對櫻花樹做什麼。

想到這些，就不能答應脩子的要求。晴明說要去竹三条宮道歉，應該是他的真心話吧。昌浩吃完稀飯，把碗放下來，雙手合十說我吃飽了，向還沒結束無聊交談的父親與祖父行個禮說：

「我要走了，我會盡快結束工作回來。」

兩人瞥昌浩一眼，同時點頭回應。
「嗯，小心走。」
「告訴昌親，我會晚點到。」
「是。」
昌浩站起來後，父子兩人又吵了起來。
「我沒辦法接受，陰曆二月還很冷呢。」
「就是冷才好，您哪裡都不會想去，也不會有人千里迢迢把棘手的問題帶去那麼偏僻的吉野。」
「你說偏僻？你說吉野偏僻？卻要把自己的父親趕去那種地方？」
「不是趕，是要把您藏起來。」
「不對，我聽說了，成親說要把我趕出京城。」
「唔……是誰把內容告訴了您？」
「原來真的是這樣，我只是隨便猜猜。」
「太佩服了，您的直覺還是這麼準，不過這跟那是兩回事。」
小怪邊追上昌浩，邊扭頭往後看著他們父子。
然後無奈地縮起肩膀，甩了一下尾巴。

2

覆蓋京城的天空，是泫然欲泣的陰霾，那種色調重重壓在心頭。

表情陰鬱的昌浩，抬頭望著天空，嘆了一口氣。走在他旁邊的小怪，仰頭看著他說：

「太累的話，就跟成親說要提早走吧？」

「不用了，我只是有點睏，沒那麼累。」

經過神祓眾的鍛鍊，昌浩的體力非常好。

《擔心那個夢？》

在附近隱形的十二神將勾陣的聲音，直接傳入耳裡，昌浩默默點個頭。

夢境跟四年前一模一樣，深深扎刺著昌浩的心，隱隱作痛。也有可能只是一般的夢，但即使那樣，心情還是一樣沉悶。

回家後跟爺爺說吧？

昌浩這麼想。說了也不能怎麼樣，但比起自己一個人思考做判斷，視野會更寬廣，可以有不同的看法。

他也唸了驅逐惡夢的祭文，但夢境太過清晰，他沒有驅逐乾淨的自信。

「好，今天睡前來使用夢違術……」

改變夢境的意義吧。

這麼決定的昌浩，聽見喀喀咳嗽聲。

儘管陷入沉思中，腳還是自動走向了皇宮，不知何時經過了侍賢門。他不禁要大大讚賞在不知不覺中彎過西院轉角來到陰陽寮前的自己。

我太厲害了。原來身體會一如往常自己動起來呢。

昌浩以為自己是依據每天的習慣，無意識地走過了相同的路，其實他走偏時，小怪和勾陣就會幫他修正軌道。

他們原本還期待，昌浩什麼時候會察覺這才是事實真相，結果到了陰陽寮他都沒察覺。

絲毫不知情的昌浩，環顧四周。

從美福門直直往北走過來的藤原敏次，視線與昌浩交會了。他把輕輕握起的拳頭，靠在嘴巴旁邊。

「敏次大人，早。」

昌浩出聲招呼，敏次要開口回應，卻劇烈地咳了起來。他轉向一旁，咳了一陣子。

發作般的咳嗽好不容易和緩下來，敏次焦躁地皺起了眉頭。

「早，昌浩大人，這次的咳嗽很難纏……」

他說沒怎麼發燒，就是想說話就會咳個不停。

「你還好吧？今天最好跟博士說一聲，早點回家……」

敏次抬頭看著昌浩，眉頭又皺成了另一種模樣，好像有什麼疑惑。

他別過臉去，咳得很厲害。昌浩心想這樣不能工作吧？

「敏次大人，說真的，你最好還是回家休息……」

昌浩瞥見腳下的小怪突然變得面無表情，眨動著眼睛。

他的背脊一陣冰涼。

可能有發燒，臉有點紅的敏次——他見過。

只是視線高度不同而已。

敏次盯著昌浩的臉好一會，疑惑地皺起了眉頭。

不由得想說些什麼的昌浩還沒來得及說，敏次就先開口了。

「你出現了失物之相。」

昌浩的心臟跳得比剛才厲害。

「就是最近會失去什麼的面相……咦？」敏次歪著頭說：「以前……是不是也有過這樣的對話？」

發作般的咳嗽又湧上來，納悶的敏次別開臉、低下頭。

啞然無言的昌浩，臉色無比蒼白，但敏次這次咳了很久，所以沒看到。

「……」

起初，昌浩驚訝得臉色發白，但很快就振作起來了。

「敏次大人，你快去典藥寮吧，最好喝點湯藥，休息一下……」

對於昌浩的提議，敏次邊咳邊點頭說：

「嗯，就這樣吧……對不起，一大早就麻煩你。」

仔細聽，敏次的聲音有點嘶啞，可能是咳得太嚴重，傷到了喉嚨。

「不，別這麼說……對了，敏次大人，」昌浩大膽地詢問：「你知道我會失去什麼嗎？」

隱形的勾陣默默看著神情緊張的昌浩，還有在他腳下表情呆滯的小怪。

看不見小怪和勾陣的敏次，注視著昌浩的臉，皺起了眉頭。

「我看到你會失去……什麼很重要的東西……」

然後，他突然眨了眨眼睛。

「嗯？花？……」

聽見突然冒出來的話，昌浩的心跳快得異常。敏次面對著倒抽一口氣的昌浩，視線焦點卻不在昌浩身上。他只是一心一意看著眼前的面相。

「花？……」

也許是心理作用，昌浩覺得自己的聲音在顫抖。

視線高度比他低一些的敏次，因為看得太認真而顯得嚴厲的眼神，閃爍著犀利的光芒。

才剛要開口，敏次又猛然把臉別開，發作似的咳了起來。他的肩膀上下劇烈起伏，有痰的喉嚨痛苦地發出咻咻嗚叫聲。

「你還好嗎？不如現在就回去吧？」

敏次舉起一隻手制止昌浩，搖著頭說：「不，對不起，我有非做不可的事。做完後，真的萬不得已，我會請博士准我提早離開。」

好不容易讓步的敏次，慎重地做了個深呼吸，不這麼做又會咳起來。

「我替你看面相，卻好像看到了花。」

沉默的昌浩，心臟又狂跳一下。敏次看到他臉上頓時沒了血色，猜測他應該想到了什麼，但沒有追問。

「花……還有……咦？」敏次的表情像是定睛凝視著不太清楚的東西，又接著說：

「水滴……淌落在花上……」

不管敏次怎麼集中精神注視，還是沒辦法再多看出什麼。

昌浩緊繃著臉，目送彎著背邊咳嗽邊走向典藥寮的敏次離去。

勾陣在昌浩旁邊現身。

昌浩看她一眼，再把視線轉向在他腳下屏息凝氣、默不作聲的小怪。

小怪的表情平靜得可怕。昌浩知道，它想起了四年前的事，因為自己也是同樣的心情。

「花。」昌浩在心中低喃：「失物、花、水滴。」

勾陣看看握緊拳頭的昌浩，再看看全身僵硬的小怪，低聲嘆息，伸出手一把抓起了白色身軀。

「唔……」

突然被抓起來的小怪，低聲驚叫，瞪了同袍一眼。勾陣沒理它，逕自把它放到肩上，然後轉向昌浩說：

「我會把它抓住，放心吧。」

昌浩和小怪同時瞪大了眼睛。

「失誤一次也就算了，失誤兩次就要請你交出最強的稱號了，小心點。」

「少囉唆。」

小怪臭著臉低聲咒罵，勾陣揚起了一邊嘴角。

聽到勾陣說的話，昌浩做個深呼吸，放鬆了緊繃的肩膀。

沒錯，作了那樣的夢，也未必每件事都會一樣。即使敏次跟四年前一樣身體不舒服、看到了失物之相，也只是一種徵兆而已。

對，是徵兆。知道是徵兆，就有辦法迴避。

昌浩甩個頭，露出沉思的模樣。

不想失去的花，難道是指她？

昌浩只想到在竹三条宮悄悄綻放的那朵花。

「我今天還是提早走吧，反正沒什麼特別急的事……」

他邊說，邊開始思考要用什麼理由說服大哥讓自己早退。

雖然沒拿到櫻花枝，但拿到了在皇宮一角遲開的梅花枝。

照顧樹木的雜役，聽說要送給竹三条宮的公主，就答應了昌浩的要求，砍下了花朵開得最漂亮的樹枝。

當然也取得了梅花樹的木魂神的同意。木魂神說只要用漂亮的言靈為祂祈福一陣子，就給昌浩一枝。

神說的一陣子，跟人類的感覺不一樣。昌浩慎重地交涉後，以連續五天為祂祈福達成協議。

為樹木祈福，樹木就會欣欣向榮，開出茂盛美麗的花朵。在宮裡工作的官員們，看到美麗的花朵，心情就會開朗起來，陶醉在花香裡。說不定還會有人深受感動，寫出歌

頌梅花的詩詞。

被讚美、被歌頌，木魂神也會心花怒放，有百利而無一害。

昌浩戰戰兢兢地說：「可以容我稍微早退嗎？」陰陽博士安倍成親很爽快地答應他說：「當然可以。」

看情形，是天文博士吉昌，把他早上跟晴明之間的對話告訴了成親。

成親鄭重其事地合抱雙臂說：

「老弟，這是好機會。」

「啊？」

「為了早一天把爺爺趕出京城，你一定要請公主說幾句話。只要公主開口了，爺爺就非聽不可。」

光聽到「把爺爺趕出去」這個部分，會覺得成親說得很殘酷。

成親低聲笑起來，昌浩看到他的眼睛泛著可怕的光芒。

「哥哥？……」

看到昌浩那麼訝異，成親用視線指向矮桌旁。那裡放著「打亂箱」，裡面有貌似書信的東西堆積如山。打亂箱的底部很淺，邊緣不高，所以那疊書信看起來快倒塌了。然而，堆得參差不齊的書信微妙地相互重疊傾斜，形成類似堤防的作用，勉強防止了倒塌。

昌浩頓時露出了疑惑的表情。

等等，為什麼這種地方會有打亂箱？

「打亂箱」是用來放整套挽髮用具的盒子，在住家或後宮很常見，但在昌浩記憶中，從來沒有在靠近政治中樞的陰陽寮的陰陽部這樣的公家單位看過那種東西。

成親似乎從昌浩的表情，看出他在想什麼，不慌不忙地挺起胸膛說：

「我差點不小心把貴族送來的信件掉進水池裡，正好經過的女官急忙幫我找來了這個東西。」

昌浩懷疑地重複他的話：

「哦，不小心掉進水池裡……」

成親光明正大地點點頭說：

「是啊，一個不小心。反正那些全都是寫給爺爺的信，不用看也知道裡面寫什麼。萬一爺爺還沒看，就掉進水池裡，事情可就麻煩了，墨水會暈開，看不清楚內容，這樣我一定會責怪自己太大意，造成無法挽回的事。想著想著，不知道為什麼，腳就越往水池那邊走……」

接連不斷的來信，終於把成親惹火了。

據昌浩推測，八成是湊巧經過的女官，看到成親吃了秤砣鐵了心，打算把那些書信統統扔進水池裡，心想即使他是參議的女婿，做出這種事也難逃責罰，所以機靈地阻止了他。

這個哥哥瀟灑自若，看起來放蕩不羈，其實在很多方面都受人愛戴。

「不要管這種小事了。聽我說，昌浩，這世上壓得住爺爺的人沒幾個。少數壓得住爺爺的人之一，就是竹三条宮的內親王脩子。她身上流著天照大御神的後裔皇上的血，是血統至高無上的公主。

「這麼做不好吧？這是我們的家務事啊。再怎麼說，為這種事利用公主，都太對不起她、也太麻煩她了。」

要把他人捲入自己的家務事，別說是昌浩，任何人都會有所顧忌。

成親卻完全不理會昌浩的反對。

「我要你把這件事告訴公主，讓公主說出對我們有利的話。這麼一來，爺爺也不敢當面違抗公主的意思，嘿嘿嘿。」

昌浩無言以對，只能呆呆看著奸笑的成親。

看著兩兄弟的小怪和勾陣，半感嘆地想成親根本是在扮黑臉。

取得陰陽博士的許可，昌浩不到申時就提早走了。

不管他同不同意，陰陽博士都很堅持，說他今天的工作就是跟爺爺一起去竹三条宮。他是屬於陰陽部的陰陽生，不得不聽從指示。

「嗯，哥哥好像把陰陽博士的權力用錯了地方。」

這種情形好像比在曆部時更嚴重。或者，他也都是這樣對待曆生們呢？只是昌浩不知道而已。如果是，不但沒被嫌棄、厭惡，還能在不是很明顯的狀態下被大家傾慕，實在太厲害了。

「因為人品嗎？這樣算有人品嗎？嗯……」

無法苟同的昌浩，正收拾東西準備離開時，昌親經過叫住他。

「啊，昌浩，可以來一下嗎？」

「什麼事？」

昌親是天文部的天文得業生。陰陽部在天文部的隔壁，但房間不同，所以這些日子，彼此都很忙碌的兄弟，碰到面也只是稍微說一兩句話而已，沒辦法聊到什麼。

「今天或明天工作結束後有空嗎？」

「啊，今天不行，等一下要陪爺爺出去。明天的話，目前沒事。」

「是嗎？太好了，那麼明天工作結束後來我家吧，你很久沒來了。」

昌浩眨了眨眼睛。看到他的反應，昌親瞇起了眼睛。外表沉穩的二哥，笑起來時，給人的印象更和善。

「你回來後，還沒來過我家吧？」

「啊，說得也是。」

剛回京城，就被捲入安倍晴明與陰陽寮之間看似熾烈戰爭的昌浩，自己很積極地跳進了那個漩渦裡。事實卻是晴明與吉平、吉昌之間的大陣仗父子吵架，而且一直延續到現在。

成親說起來很簡單，對昌浩來說，要從皇上的皇女口中套出對他們有利的話，可是一大難題。哥哥或許很擅長這種應酬，但他懷疑自己有沒有那麼靈活的手腕。

但非做不可，昌浩在心中這麼嘟囔。昌親歪著頭對他說：

「我和老婆是無所謂啦……可是你不趕快來，我家千金會忘了你哦。」

「——」

昌浩全身僵硬。坐在旁邊看著他的小怪，完全贊同似的猛點著頭。

眼角餘光掃到它那個模樣的昌浩，動作僵硬地望向它。

「小怪，你那是什麼表情？」

「沒有啦，我只是覺得大有可能。」小怪舉起一隻前腳說：「整整三年了，不會說話也不會走路的嬰兒，經過這麼久，都很會說話、很會跑了。」

小野家的時遠就是這樣。他是昌浩決定待在播磨國菅生鄉那年的夏天出生的孩子，在昌浩決定回京城時，已經變成小怪說的那樣了。

昌浩最後一次見到昌親的女兒，是在她兩歲的時候。經過三年，現在五歲了。不對，已經過完年，所以六歲了。

成親的孩子們應該也都長大了。昌浩忙得沒時間去看他們，但有書信往來。每次結尾孩子們都會叫他快點來玩，這句話總是刺痛昌浩的心。

「我們都會談起你，所以她知道有昌浩這個叔叔，可是只在懂事前見過你，所以沒什麼真實感。」

只聽說過的叔叔，對她來說就像母親唸給她聽的故事書裡的人物。

昌浩臉色發青。

「怎麼會這樣……」

雖然很久沒見面了，昌浩還是打從心底疼愛姪子和姪女們，被遺忘是很悲哀、淒涼的事。

「還有，我老婆說想表示一點心意，慶祝你平安回來。來一下也好，讓我家人看到你健健康康的樣子，這樣他們才會放心。」

昌親的語氣很淡然，卻足以讓昌浩真正體會到他們一家人有多擔心他。昌親是跟夫人、夫人的雙親、女兒住在一起。嫂嫂和她的雙親，也都對昌浩很好。

他被冤枉通緝時，他們都很擔心他。

老實說，他也還沒去過成親家。當時也麻煩了大嫂、大嫂的父親，他們卻沒當成麻煩，讓昌浩又感激又抱歉。

覺得自己忘恩負義的昌浩，深深陷入沮喪中。

「對不起，我明天一定……」

看到弟弟越來越消沉，昌親慌忙對他說：

「不用這麼在意啦，昌浩，我只是看陰陽寮的狀況穩定了，想說是你差不多可以處理私事了。」

而且由於祖父的事，恐怕又會掀起一波狂瀾。

「我聽父親說了，哥哥的點子還真有趣呢。」

昌親呵呵笑了起來，昌浩板著臉說：

「不好笑，我現在正要去見竹三条宮的公主，哥哥交代我，要想辦法讓公主開口把爺爺趕去吉野。」

「咦？」

昌親瞠目結舌，昌浩深深嘆口氣說：

「光跟爺爺在一起，壓力就很大了，還要做那種事。在他本人面前，我要怎麼告訴公主這件事呢？」

昌浩不由得猛抓臉頰，昌親忽然眨眨眼睛，憂慮地叫喚他。

「昌浩。」

「怎麼了？」

昌浩發現昌親的聲音突然變得僵硬，訝異地問，小怪的夕陽色眼睛也盯著昌親。

「小心點，你出現了失物之相。」

聽見哥哥這句話，昌浩的心臟好像被誰踹了一下。劇烈的心跳聲，在耳底震響。

快速跳動的心臟，不停發出砰砰巨響，沒有辦法靠意志力平靜下來，昌浩盡可能慢慢地做個深呼吸。

「今天早上，敏次大人也說了同樣的話。」

敏次說他只是看面相，卻看到了像花的東西，還有水滴淌落在花上。

昌浩用僵硬的聲音說出這件事，昌親張大了眼睛。

「這……這樣啊。」

如果只是自己的判斷，可能會有什麼失誤。昌親擅長的領域是學術，他有自知之明，在兄弟當中，自己的靈視能力、靈力最差。然而，他卻清楚看到昌浩臉上出現了失物之相。對昌親來說，這是很罕見的事。

「我沒辦法看出更多……不過，既然知道了，應該可以預防。你小心點，不要弄丟了重要的東西。」

昌浩點點頭說：「是。」耳邊忽然響起一個聲音。

——小心不要弄丟了。

他無意識地摸摸胸口，握起了拳頭。

腳下的小怪臉色陰沉，緘默不語，像是想起了同樣的事。

這樣呆了一會，昌浩把視線拉回到哥哥身上，強裝出開朗的表情說：

「哥哥，謝謝你。請告訴嫂嫂，我明天去拜訪。」

「嗯，知道了……對不起，我只會說讓你不安的話，卻幫不了你，我也覺得自己是個沒用的哥哥。」

即使這樣，他還是說出來了，希望可以稍微減輕昌浩會受到的打擊。

這個弟弟年紀比他小很多，卻有比他痛苦許多的經驗，其中應該不乏他難以想像的殘酷經驗。昌親會這麼想，是看到每發生一件事，昌浩的眼神就會增添幾分難以形容的深度。

「千萬別這麼說，既然這麼明顯，可見要多加小心才行，我自己看不見，所以你幫了我大忙。」

這是肺腑之言。很多關於自己的事，陰陽師都不知道。也有知道的事，但面相自己看不見，完全沒轍。

「那麼，我該走了，先失陪了。」

昌浩低頭道別，轉身離開。

昌親看著弟弟的背影、走在弟弟旁邊的小怪的沉重腳步，握起了拳頭。

他很少會為自己的能力不足而懊惱，只有在這種時候，不禁會希望自己的能力可以再增強一些。

3

呸鏘一聲，濺起水滴。

水波蕩漾，掀起漣漪。

沒多久，搖晃的水面靜止，清楚映出剛才搖來晃去的影子。

那是人的臉。

不帶一絲情感、像人工做出來的臉，眼睛眨也不眨地盯著水面。

臉的上方有兩根角。沒有頭髮，但有濃密的短毛，從額頭、臉頰邊緣往後延伸。

臉下的脖子也覆蓋著褐色短毛。

脖子下有身體、長著蹄的腳。

映在水面上的影子很快就不見了，被蹄子踢亂的水彈跳起來，形成凌亂的水波向外擴散。

那個生物濺起飛沫，鑽入水裡。

身影瞬間從水面消失了。

呸鏘滴落的微弱聲響清脆迴盪。

最後一波漣漪蔓延，逐漸散去。

水面恢復鏡子般的平靜。

在寂靜與黑暗降臨中，巨大的櫻花樹映照在水鏡上。

人的臉、牛的身體。

那是妖怪。

那隻妖怪宣告了預言。

它的名字是件。

件的預言都會成真。

◊　◊　◊

已經春天，但陰曆二月的風還是很冷。

晴明和昌浩被帶去的地方，不是環繞主屋的外廊，而是比外廊更裡面的廂房，可能是體恤他們，怕風太冷了。

昌浩來過竹三条宮很多次，從來沒有進過主屋的廂房。每次都是脩子待在主屋，他

待在隔著廂房的外廊聽命。這個季節在外廊吹風真的很冷，但他還是沒進去過裡面。值得欣慰的是，可能擔心他直接坐在外廊太冷，會幫他準備坐墊和擋風的屛風。

可以進入廂房，是憑仗著安倍晴明的威望吧？不，與其說是威望，還不如說是對老人家的關懷吧？

昌浩希望是後者，但實情恐怕是前者，讓他覺得有點氣餒。

這座宅院的主人是脩子，但擁有最高權力的是侍女命婦，這是揣度她如何看待昌浩的最好機會。

這樣總比會錯意好。正確認知自己的處境，就能好好思考該如何從那樣的處境跳脫出來。

沒錯，這是神要我掌握現狀的神諭，我要振作起來。

「……」

昌浩知道這樣的念頭轉換，對他來說有點困難。但不強迫自己向前看，他怕自己會過度沮喪。這樣不太好，因為很快就會表現在臉上。

「昌浩，你怎麼了？」

看吧，來了。

昌浩繃起了臉。

主屋裡設有鋪著榻榻米、坐墊、擺著憑几的座位，脩子端坐在那裡。另外還有擋風用的屏風、火盆。

脩子的左右邊，以及離廂房很近的地方，共放置了四個屏風。靠近脩子的屏風是用來擋風的，而靠近廂房的屏風，應該是有侍女坐在後面待命。

原本用來隔開主屋與廂房的竹簾、帷帳都被捲起來了，改擺兩個屏風，命婦坐在其中一個屏風後面。

沒有任何東西擋住脩子的視野，她直接面對著晴明與昌浩。

雖然命婦反對，但還沒舉行「裳著儀式」的脩子，在成人前可以憑自己的意志決定要不要這麼做。

不過，九歲的脩子也知道，在自己家裡才能這樣自由奔放。

「你的臉色有點難看，是有什麼不開心的事嗎？」

這句話說得一針見血，昌浩知道謊言、敷衍都騙不了聰明的公主。

他死心斷念，行個禮說：

「我有個機會認清自己的不足，這種心情顯現在臉上了。」

「不足？」

「這種事不值得公主煩心，請公主不必理會。」

昌浩偷偷瞥脩子一眼，發現脩子還是不甘願地盯著自己。

繼續被追問的話，他很可能會連不該說的話都說出來。正在擔心時，聽見旁邊響起嘻嘻竊笑聲。

看到晴明笑到肩膀顫抖，昌浩怒火中燒。

晴明瞥一眼狠狠瞪著自己的昌浩，對他莞爾一笑，轉向脩子說：

「他是說他在播磨國再三修練後，終於可以毫不偏頗地評斷自己擁有多少實力了。」

「哦。」

脩子歪著頭，眨眨眼睛，欠身向前說：

「你在播磨國都做些什麼事呢？」

昌浩抬起頭，思考了好一會。

「這個嘛……」

忽然，他覺得擺在離他不遠處的屏風後面，有人豎起了耳朵傾聽。

那個人是藤花。雖然沒有直接交談，但昌浩叩頭迎接她跟脩子進來時，眼角餘光有看見她在那個屏風後面坐下來。

昌浩邊回想在播磨國度過的日子，邊思考措詞。

「每天、每天都跟當地稱為神祓眾的陰陽師們學習武術和靈術。」

尤其致力於武術方面，希望最少能學到把夕霧壓倒在地。
起初，他根本不敢想可以打倒夕霧，因為他連不如夕霧的螢都打不過。
後來就不一樣了。
他希望能贏夕霧一場。忘了是從什麼時候開始，他覺得不甘心，希望可以在實戰中而非比賽中與夕霧對等決鬥。
「武術是什麼呢？就是保護皇宮的警衛，用來逮捕壞人的技術嗎？」
沒想到脩子會對武術特別感興趣，昌浩不由得盯著她看。
九歲的內親王，比第一次見到她時長大許多，頭髮也留到腰部了。以前是腮幫子有點豐腴的可愛小女孩，現在樣貌逐漸改變，可以說是少女了。
昌浩感慨萬千，心想她長大了呢。
第一次見到她，是在她五歲時的春天。
昌浩的心狂跳起來。他想起就是在認識脩子的時候，作了跟今天早上一樣的夢。
所有事都與當時交疊，令人毛骨悚然。
晴明發現昌浩的表情有點緊繃，訝異地微皺起眉頭。
昌浩察覺祖父的視線，趕緊改變了表情。脩子很聰明，看到他僵滯的表情，會覺得很奇怪，說不定還會以為是自己說的話害他心情不好。

但是太遲了。

感覺敏銳的脩子看出昌浩不對勁，猛眨著眼睛，好像在找話說。

「呃……你不想說可以不要說哦，我知道陰陽師有些事不能告訴他人。」脩子沮喪地垂下頭說：「對不起……」

「咦，不是那樣……」

脩子突然道歉，把昌浩驚慌得頭腦一片空白。

「安倍大人，還不快感謝公主大發慈悲。」

「咦?!」

大發什麼慈悲？

從命婦抹了口紅的嘴巴放出尖銳的話語。

「你該覺得誠惶誠恐、擔當不起，公主不但恩賜給你拜見尊顏的榮譽，還難能可貴地對你說了對不起，你卻沒有半點感動的樣子，這樣怎麼對得起公主的心意。」

「咦？啊，不是那樣。」

「公主，不要找這麼年輕的人，還是仰賴這位安倍晴明吧。前幾天的猜謎比賽，晴明大人的確稍微輸給了陰陽寮，但還是沒有任何陰陽師可以超越他。」

命婦當著昌浩的面，直言不諱地說。令人難過的是，她的話正中要害。

昌浩不如晴明，這是現場所有人都知道的事。

現在當面被說破，他也不覺得受傷。只是說得這麼白，他的心情還是有點沉重，深切知道自己實力不足。

昌浩忍著不讓自己的頭垂下來，端正坐姿。命婦並不討厭昌浩，也不嫌棄昌浩，她只是為她崇拜至今的皇后定子的遺孤著想。

這時候，從拉起的上板窗飛進一團黑塊。

「呀！……」

那東西以毫釐之差掠過命婦的頭部，推倒屏風，在半空中盤旋。

突然被來歷不明的東西襲擊，命婦倒抽一口氣，抱著頭蹲下來，就那樣昏過去了。

倒下來的屏風發出巨大聲響，侍女和隨從們聽見，滿臉驚慌地趕來看怎麼回事。他們看到命婦蹲著不動，差點驚聲尖叫起來。

「呀……」

「不用驚慌。」

脩子舉起一隻手，眼睛望向屋樑，叫恐慌的侍女們往那裡看。

侍女和隨從戰戰兢兢地望向那裡，看到一隻烏鴉停在屋樑上，啪喳啪喳拍振著翅膀，發出恐嚇的尖銳叫聲。

「烏、烏鴉？……」

臉色發白的侍女摀住嘴巴，喃喃低語。烏鴉環視周遭，又發怒似的鳴叫起來。

「烏鴉突然從上板窗飛進來，撞倒命婦附近的屏風，把命婦嚇得昏過去了。你們快把她抬走，好好照顧她。」

被命令的侍女和隨從們，慌忙把命婦從那裡抬走。

「公主，您有沒有受傷？」

「我沒事，雲居、藤花，妳們不用擔心。」

「還是趕快把那隻烏鴉趕出去吧，多不吉利啊。」

臉色蒼白的侍女仰著頭說。烏鴉張開翅膀，從喉嚨深處發出恐嚇的嘶吼聲。

視線與烏鴉交會的侍女，倒抽一口氣，縮起了身體。

「我會交代晴明和昌浩去辦。告訴大家，這裡有陰陽師在，不用擔心。等危險解除後，我會叫你們，在那之前誰都不要靠近。晴明，這樣可以嗎？」

聽脩子這麼說，侍女不安地扭頭看晴明，晴明對她們點點頭。

有大陰陽師做保證，就不用擔心了。

「那麼，就這樣吧……」

侍女們服從脩子的命令退下了。

於是，事情很快就平息了。

這件事從頭到尾發生得太快，昌浩都看呆了，愣愣地站著。脩子左側的屏風後面，有人倏地站起來。

「嵬，你在做什麼？」

穿著侍女服裝的風音，吊起眉梢，把手伸向停在屋樑上的烏鴉。竹三条宮的人，都稱她為雲居。

剛才兇狠地拍著翅膀的烏鴉，縮成了一小團。

『區區侍女說話那麼沒禮貌、口出惡言，有些超越了我的忍耐極限，所以我懲罰她一下啊，公主。』

嵬停在寢殿階梯旁的大楓樹的樹枝上，一直在觀察屋內的狀況。

「即使這樣，把命婦大人嚇到昏過去，也太過分了。」

被斥責的烏鴉，把身體縮得更小了。

脩子出面救了這隻烏鴉。

「風音，別再罵了……老實說，我覺得輕鬆多了。」

晴明和昌浩都眨眨眼睛看著脩子。

公主嘟起嘴說：

「是我要求父親讓昌浩來當我的陰陽師，命婦卻說昌浩太年輕，對他很不滿意。」

「沒辦法，昌浩比晴明年輕是事實。」

風音直截了當地說。雖是無心的一句話，卻像一根箭重重刺進了昌浩的胸口，他不由得按住那個地方。

「我們都了解昌浩，但命婦並不了解，難免會把重心放在晴明身上。」

風音聳聳肩說，藤花也從屏風後面接著說：

「而且，我想命婦會說那種話，是因為太關心公主了，絕對不是不尊重公主的心意。」

「沒錯啦，可是……」

脩子答得吞吞吐吐，滿臉不甘願，把嘴巴緊閉成一條線。

從母親生前，命婦就在皇宮和這座宅院當侍女了。遠在脩子出生之前。聰明、博學多聞的她，把母親服侍得無微不至，非常討母親喜愛。

跟那時候比起來，命婦說話變得刻薄多了。老是橫眉豎目，幾乎看不到她的笑容。

脩子比以前更不知道該如何與命婦相處了，她知道命婦是關心自己，說話才那麼嚴厲，但還是不太想聽，只想盡可能躲開命婦。

脩子知道這樣不可以，獨自煩惱著該怎麼辦才好。

風音從脩子的表情，看得出她心中的掙扎，很想幫她，但遺憾的是自己不討命婦喜歡。插嘴管這件事，可能只會使命婦更生氣。
坐在旁邊的藤花，看著脩子憂慮的表情，心痛地嘆了一口氣。
風音瞄藤花一眼，嘆口氣按住額頭，盯著屋樑上的烏鴉。
與她對看的烏鴉，不解地歪著頭。
『？』
風音稍微移動了視線。烏鴉循著她的視線望過去，恍然大悟地點點頭，大大張開翅膀，從屋樑飛起來。
「嵬？」
烏鴉在張大眼睛的脩子面前，朝著剩下的屏風直直飛過去。
『喝！』
卯起勁來，使出渾身力量往屏風腳座踢下去的烏鴉，完全不受反作用力影響，張大翅膀改變方向，飛到脩子旁邊的憑几，翩然降落。
被踢出去的屏風，邊傾倒邊迅猛地滑向廂房。
除了風音外，所有人都啞口無言。烏鴉挺起胸膛說：
『哼，以我的腳力，區區一面屏風哪算什麼。』
昌浩張口結舌地看著倒地的屏風。

主屋比廂房高出一些。屏風越過邊線，倒在廂房裡，帷幔脫落散開，垂掛於帷幔間的裝飾繩也扭曲斷裂，簡直是慘不忍睹。橫木的邊角擦過地板，留下幾條白線。屏風腳座沒斷，但撞擊力太強，地板與橫木都看得出來有些凹陷。

可以把那麼重的屏風踢到一丈遠的地方，昌浩心想嵬的腳力的確值得驕傲。

「不、不，不對。」

昌浩猛搖著頭。

雖然令人讚嘆，但那畢竟是暴行。嵬攻擊屏風，到底想幹嘛呢？

「……」

忽然，昌浩察覺一件事。

端坐在主屋的藤花，也跟他一樣，呆呆看著被踢飛的可憐屏風。

把她藏在背後的屏風，慘不忍睹地倒下去了，沒有任何東西擋住她，好久沒有這樣了。

風音雙手托著臉頰，裝模作樣地說：

「哎呀，怎麼可以這樣呢，嵬，居然拿屏風出氣。」

晴明瞪大眼睛注視著風音。但很快察覺她在想什麼，也一本正經地說：

「就是啊，再怎麼說，都做得有點過分了。」

烏鴉停在脩子旁邊的憑几上，故作姿態挺起胸膛說：

『安倍晴明，就憑你，哪有資格插嘴批評榮耀的道反守護妖呢，快退下。』

「是，失禮了。」

晴明表現出不勝惶恐的樣子，深深低下了頭。嵬也誇張地接受道歉說：

『嗯，知道就好。』

小怪站在隔開廂房與外廊的格子門前，看到這一連串事件，與隱形的勾陣不約而同地嘟囔起來。

「喂，太假了吧……」

《我們的看法相同呢，騰蛇。》

「妳也這麼想？」

《除此之外，還能怎麼想？》

「沒錯。」小怪輕輕點著頭，用充滿慈愛的眼神看著晴明和嵬說：「真要好好感謝他們的機靈呢。」

《就是啊。》

脩子疑惑地歪著頭，小聲問烏鴉：

「嵬，你在做什麼？」

『出氣啊，就是出氣啊，內親王，妳就當我在出氣吧。』

不太相信的脩子，秀麗的臉龐還帶著些許稚氣，眉間刻劃出與那張臉不相稱的深刻皺紋。

這樣過了沒多久，她發現風音、晴明、嵬的視線都朝向同一個地方。

心生疑惑的她，也望向同一個地方，看到的是昌浩與藤花。

沒有隔著竹簾或屏風，直接看著她的臉，感覺是很久以前的事了。

其實，昨天才從遠處看過藤花的臉。是的，從很遠的地方。

所以，真的是很久沒有這樣直接面對面了。

茫然看著屏風的藤花，赫然回過神來，移動了視線。

視線交會時，她愣了一下，然後嘴唇顫抖似的微微動著，眼神狼狽地飄來飄去。

對昌浩來說，那樣的每個動作都很新鮮也很熟悉，他不由得笑逐顏開。

「嚇了一大跳吧？」

昌浩跟她說話，她先微微低下頭，再緩緩抬起頭，笑得很不自然。

「真的……嚇了一大跳。」

「還好吧？有沒有受傷？」

「我沒有，你呢？昌浩。」

「我也沒事。」

彼此關心的平淡無奇的對話，感覺有點緊繃。

不過，當全場都是彼此了解心性的人們，昌浩說話就會特別拘謹，所以這已經是很難得的一刻了。

風音與嵬的用心令人感動。風音他們都知道，昌浩不想讓她的處境陷入危險，所以為兩人安排了可以輕鬆對談的舞台。

昌浩拿起旁邊備好的梅花。怕花會撒出來，他還用紙張小心包著。

「這是要給公主的。」昌浩向藤花點個頭，轉向脩子說：「公主希望再拿到一枝櫻花，但很遺憾沒辦法取得，所以我拿了梅花來，還請公主見諒。」

他攤開紙，把梅花拿給脩子看。

脩子合抱雙臂，面有難色。

「是嗎……太可惜了。我也喜歡梅花，可是，那枝櫻花實在太美了……」

「是的，那是木花開耶姬親自賞賜的櫻花，所以特別不一樣。」

脩子回頭望向床邊。那裡的雙層櫥子上，擺著一個把粗竹子斜切，再雕刻精細圖案的花器，裡面插著那枝櫻花。

循著脩子的視線望過去的昌浩，嘴角堆起笑容。擺在掀開床帳就能看見的地方，可

見是真的很喜歡。

脩子垂下肩膀，轉回正面，嘆口氣說：

「其實我是想送給命婦……」

所有人都張口結舌。

「命婦最近變得很急躁，所以我想有美麗的東西在她身旁，應該可以軟化她的心。」

「公主……」

藤花溫柔地笑了，心想原來是這樣的打算啊。

「昌浩，我可以拿走嗎？」

「當然。」

昌浩回應。藤花向他點個頭，把梅花枝從紙上移到扇子上，再膝行向前把扇子呈給脩子。

連同扇子一起接過梅花的脩子，嗯嗯低吟幾聲，終於接納了事實。

「梅花也很美，而且很香呢。謝謝你，昌浩。」

看到脩子露出笑容，昌浩也開心地俯首叩拜。這時候，他突然想到，要完成大哥交付的任務，沒有比現在更好的時機了。

還低著頭的昌浩，下定決心切入主題。

「老實說，公主，我想拜託您一件事。」

脩子眨眨眼睛，驚訝地歪著脖子。

「真難得昌浩會說這種話呢，抬起頭來，說給我聽。」

昌浩抬起頭，看到不知何時坐定的風音、藤花、嵬、晴明都滿臉詫異。脩子的眼睛閃閃發亮，欠身向前等著聽他說。他瞄一眼格子門旁的小怪，看到它露出心中有數的表情，甩了一下尾巴。

「我想請公主對我祖父安倍晴明下一道命令。」

「啊？」

晴明不由得叫出聲來，脩子沒說話，催昌浩繼續說。

格子門旁的小怪，忍不住笑出聲來。藤花轉向它，想知道它在笑什麼，但脩子看不見小怪，所以她不能開口問。

風音跟藤花一樣瞠目結舌，烏鴉也驚訝地皺起眉頭。

「每天有豪門世家的人們寫信給祖父，可是祖父已經年邁，我們家族的所有人都很擔心他的身體。」

察覺昌浩意圖的晴明，打斷他說：

「昌浩，這種瑣事不要麻煩公主……」

「沒關係，繼續說。」

公主一聲令下，晴明閉上嘴巴，拉長了臉，昌浩卻堆滿了笑容。

「所以家人都勸祖父，去大哥的岳父參議大人位於吉野的山莊靜養，可是祖父怎麼樣都不肯答應。」

「這樣啊。」脩子瞠目結舌。

昌浩又在表情上多加了一些些的沉鬱。

「祖父為人寬容、博愛，沒辦法丟下那些仰賴自己的人不管，所以繼續待在京城，就會應大家要求，鞭策自己老邁的身軀。」

脩子認真聽著關心祖父的乖孫子滔滔不絕的言論。

「的確是這樣。」

看到脩子用力點著頭，晴明露出複雜的表情，沒辦法反駁。

「今後，幫大家解除憂慮的任務，將由陰陽助等安倍家族的人一肩扛起。為了取得豪門世家們的諒解，陰陽助及天文博士等我們家族所有人，都希望祖父能暫時離開京城，平靜地生活。然而，祖父怎麼樣都聽不進去。」

「晴明，是這樣嗎？」

被質問的晴明嗯嗯低吟，無奈地點點頭。脩子立刻愁雲滿面。

站在格子門旁的小怪，卻抱著肚子哈哈大笑起來。

「可否請公主也說句話，幫忙勸我祖父去吉野？」

說得口沫橫飛的昌浩，心花怒放地看著脩子。

太棒了，我說得太好了。成親大哥不在現場，著實令人扼腕。我不愧是大哥的弟弟呢，以無可挑剔的口才完成了任務。

昌浩覺得神清氣爽。

「——」

來自身旁的冰冷視線扎刺著他，但這點小事哪能撼動得了他呢，他可是當了十八年的晴明的孫子呢。更何況，雖不情願，他還是繼承了老狐狸的基因。

瞪著昌浩的晴明，聽見公主的清澈叫喚聲。

「晴明。」

老人默然向內親王俯首叩拜。

正襟危坐的脩子，眼神誠摯地說：

「你要聽家人的話去吉野哦，你留在這裡，大家就會依賴你，你又不會拒絕，所以昌浩他們會很擔心。」

說到這裡，昌浩趕緊隨聲附和。

脩子說得更起勁了。

「聽說我父親也是每天都召你進宮。」

召進宮後，也沒叫他做什麼大事，只是見到他就覺得安心。有這位大陰陽師在，不管發生什麼事，皇家血脈、京城和這個國家都會得到保護。

脩子的確也這麼想，把晴明當成心靈的港口。

因此也更了解昌浩他們的心情。每個人都仰賴晴明，那麼晴明自己又該仰賴誰呢？

安倍晴明總不能仰賴安倍晴明。

「我希望……晴明可以永遠健康。」

脩子忽然變得虛弱的語調，刺痛了臉色陰沉的晴明的心。

「公主……」

「敦康、媄子都還小，一定要有晴明陪著他們，求求你，晴明。」

說到這裡，脩子向老人低頭行禮。

皇上的第一皇女脩子，在這個國家是擁有最高貴血統的公主。當今的中宮皇后彰子，以血統、身分來說，也比不上脩子。這樣的脩子居然向晴明低頭了。

晴明深深嘆口氣說：

「可把我難倒了……」

不管兒子、孫子對他說什麼，他都不痛不癢。但遇上脩子，他只能投降了。打從脩子出生以來，晴明三不五時就會去看她，所以對晴明來說，她不只是皇上的女兒，也像是自己的孫子。

《你輸了，晴明。》

隱形的六合的聲音，直接在晴明耳裡響起。而且，不知道是不是想太多，晴明覺得他的聲音帶著笑意。

小怪還哈哈笑得肩膀亂顫。在附近隱形的勾陣，感覺也是看得津津有味。

晴明瞪一眼春風得意的昌浩，無奈地點著頭說：

「我會聽從公主的指示。」

精神緊繃的脩子，臉色頓時亮了起來。晴明只能向那張臉投降。

他不經意地看見，藤花也露出了安心的表情。

與晴明的視線交會的藤花，雖然哭喪著臉，卻平靜地笑著。

她在竹三条宮服侍公主，已經三年了。晴明有時會來看她，也會寫信給她，但比起以前一起生活時，見面的機會大大減少了。

所以，藤花看得出來，晴明老了。每天生活在一起，可能不會發現。就是因為偶爾見面，才更有感覺。

她在竹三条宮也聽說過，很多貴族都委託晴明辦事。也知道晴明好幾次臥病在床，一下床就又忙著工作。

雖然不能說出口，但她真的很擔心晴明。除了安倍一族外，這麼切身為晴明擔憂的人，恐怕就只有她了。

再怎麼說，貴族們也不可能把信送到吉野吧？按理說，現在有什麼擔憂的事，就該委託陰陽寮了。

猜謎比賽的結果是平手，難道你們還懷疑我們的實力嗎？只要陰陽寮提出這樣的正式抗議，貴族們就沒有反駁的餘地了。

晴明將在吉野休養，今後不再接任何委託案。

言外之意，就是告知所有貴族，以後別想再依賴晴明了。

這就是成親他們的意圖，藤花很快就察覺了。

所以晴明答應脩子的要求時，藤花鬆了一口氣，由衷感到開心。暫時見不到面會有點想念，但還可以通信。

而且，晴明身旁有十二神將。若拜託玄武，說不定玄武會瞞著其他人，讓她使用水鏡。這樣她就可以見到晴明健朗的模樣，晴明也可以見到她。

「……」

晴明又發出嘆息聲，原來自己讓心愛的人們這麼擔心。他本來就不打算當個老頑固，既然孩子們都這麼擔心了，他當然要接受提議。

分開後，與孩子們、孫子們的相處時間就會減少。

他就是不想這樣，才會拒絕去吉野。不過，在京城被工作追著跑，結果也是一樣。既然這樣，還不如等這件事降溫後再回京城，可以在家裡邊做自己想做的事邊接工作，應該也不錯。

『嗯？』烏鴉望向上板窗外的天空，伸出翅膀說：『公主，快要黃昏了。』

這句話是對著風音說，但所有人都望向了拉起來的上板窗。

晴明看天空一眼，對脩子說：

「那麼，公主，我們該告辭了。」

昌浩也應和晴明的話。

「嗯，晴明、昌浩，改天再來說種種事給我聽。」

兩人默然俯首叩拜。

脩子把擺著梅花的扇子交給藤花，站起來說：

「我要去看命婦，藤花，跟我一起去。」

「是。晴明大人、昌浩，失陪了……」

輕輕點頭致意的藤花，跟風音互看一眼，就捧著扇子跟在脩子後面走了。

命婦的房間在東對屋，往那裡走的脩子，在渡殿停下了腳步。

「我說了很狡猾的話。」

「公主？」

突然的告白，令藤花疑惑。她蹲下來，看著脩子的臉。

垂著頭的脩子，雙手握起了拳頭。

「我說敦康、媄子都還小……其實、其實是我自己不想失去晴明。」

因為打從她出生以來，在她煩惱時、害怕時、悲傷時、痛苦時，都有晴明陪著她。

不管任何時候，晴明都陪在她身旁。

晴明總是沉穩地瞇起眼睛、堆起更深的皺紋、用力點著頭對她說放心吧。

然而，脩子已經知道了。

再重要的人、再喜歡的人、做過承諾的人、笑著說沒事的人。

都會有消失的時候；都會有無法再相見的時候。

母親、祖母、阿姨都比晴明年輕很多，卻都比晴明早渡過了那條河。

「我想我都這麼大了，不能再說讓晴明擔心的話。可是敦康和媄子還小，可以說那種話，所以……」

「公主。」

藤花在脩子前面跪坐下來，把盛著梅花的扇子放在膝上，握起脩子的雙手。

「沒關係，妳不必做任何忍耐，妳可以老實告訴晴明，妳不想失去他。」

「可是……那樣太任性了。」

「不，我不認為那叫任性，公主是向晴明提出了請求吧？」藤花平靜地眯起眼睛，真誠地對她說：「所以晴明也接受了公主的請求啊。」

脩子直盯著藤花看。藤花對滿臉不安的她，一次又一次地點頭。

然後，她一手拿起扇子，一手牽起脩子的手，站起來說：

「走，去看命婦大人吧，她一定會很喜歡這枝梅花。」

脩子仰頭看著催促自己的藤花，緊緊抿住了嘴巴。

假如母親還活著，也會這樣對她說嗎？也會這樣這對她微笑嗎？

敦康和媄子幾乎都不記得母親了。正因為這樣，她或許更應該把長得很像母親的藤花，介紹給不記得母親的弟弟妹妹認識。

不過，在皇宮的飛香舍撫養弟妹的中宮彰子，雖說氣質跟藤花全然不同，但也長得跟母親很像。當然很像，因為她跟母親是堂姊妹。

敦康和媄子會在彰子身上尋找母親的身影吧？總有一天，父親也可能會那麼做。身旁有相似的人，難免會在那個人身上追尋思念的身影，脩子已經到可以理解這種事的年紀了。

既然這樣，自己獨佔藤花也沒關係吧？可以把她藏在這座宅院，不讓任何人知道她長得很像母親吧？

「公主？」

藤花疑惑地叫喚，脩子對她搖頭說沒什麼，終於露出了淺淺的微笑。

4

目送脩子與藤花離開的昌浩，突然察覺一股殺氣，猛然轉過頭去。

額頭受到重重一擊，他反射性地按住那個地方，低聲呻吟。

是晴明在他額頭上毫不留情地彈了一下。

「唔……」

真的很久沒這麼痛了，好懷念。

「很痛耶，爺爺，太過分了！……」

「是誰過分？你們居然把公主抬出來了。」

「這是成親大哥的意思啊，他說只要公主開口，爺爺就不得不聽，我也勸阻過他啊。」

昌浩抬起頭辯解，卻又被晴明彈了一下額頭。

「痛……好痛！比剛才更痛……」

按著額頭，淚眼汪汪的昌浩，耳裡傳入爽朗卻魄力十足的清澄聲音。

「昌浩，可以來一下嗎？」

他下意識地吸口氣，戰戰兢兢地移動視線，看到端坐的風音對他微微笑著。

明明是在微笑，感覺卻異常恐怖，昌浩全身僵直。

晴明瞥風音一眼，乾咳一聲說：

「喲，雲居大人，妳好像有話跟昌浩說，那麼，我先告辭了。」

「嗯，請您務必這麼做。」

風音笑著回應，六合在她身旁現身。

「那麼，我送他回家。」

「咦？」

昌浩本來想對風音說，不能讓晴明一個人回去，所以自己也要回去，沒想到被捷足先登，害他瞠目結舌。

「昌浩，你多待一下吧，雲居大人好像有很多話要跟你說呢。」

「咦！」

「六合，走吧。」

六合默然回應，快步走出廂房，跟著晴明走了。昌浩呆呆看著他。

在格子門旁現身的小怪和勾陣，相對而視。

「我們也回去吧？」

「好啊。」

昌浩驚訝地轉向他們。

「咦?! 小怪、勾陣，連你們都要拋下我？好過分，太無情了！」

「你讓公主說出那種話，更過分吧？」

控訴的昌浩，被風音加強語氣狠狠苛責，乖乖閉上了嘴巴。

風音逼向昌浩，在他前面坐下來。

「說了那麼狡猾的話，她現在一定很自責、很羞愧，她就是這樣的孩子。」

「唔……」

聽起來的確有道理，風音的憤怒是正確的。

昌浩垂下了頭。

「對不起……」

「騰蛇，你也是。」

風音是在責怪他不該笑。

「對不起。」

小怪乖乖舉起一隻前腳道歉，風音半瞇著眼睛瞪它一眼，又轉向了昌浩。

昌浩的身高已經超過風音，但坐著時，視線高度沒差多少。他的體格、容貌都成長了很多，溫馴可愛的模樣卻還是跟以前一樣。

風音覺得很欣慰，呵呵笑了起來。

聽見笑聲的昌浩，畏畏縮縮地抬起頭。

「晴明大人什麼時候去吉野？」

昌浩聽出她是刻意改變了話題，感激地回答她說：

「我不清楚，不過應該快了，父親他們好像都安排好了。」

吉野山莊是成親的岳父，身為參議的為則的房子。據說房子沒人住容易損傷，又有被不法之徒侵入破壞的危險，所以由參議家的總管的親戚擔任管家，管理房子所有的事。聽說雇用了附近居民，住在裡面照顧房子。只要派人去下指示，雇用的人就會做好迎接的準備，所以隨時可以住進去，生活無虞。

以成親的性格，應該昨天就派了人去山莊，叫人準備迎接晴明了。以目前的狀態來看，唯一還沒談妥的就是晴明何時出發的詳細日期。

那個哥哥做事謹慎，可以斷言絕對不會有疏漏。

風音唉的嘆口氣說：

「晴明大人不在京城，是有點麻煩，但也沒辦法。」

「咦……」

她的語氣太沉重，昌浩覺得背脊一陣冰涼。

「有什麼問題嗎？」

風音先確定四周沒有其他人才說：

「皇上的心很不安定，有晴明大人在，才能勉強維持平衡。」

事實上，這不是皇上一個人的問題。

皇上是人類，同時也是天下蒼生的象徵。當人心扭曲時，就會透過皇上的身體表現出來。而皇上的身體狀況，也會透過國家整體表現出來。當民心動搖，皇上的心也無法平靜，很多時候會以國土災難的形式呈現。

「樹木不是正在枯萎嗎？南殿的櫻花，有你們施法，活過來了，可是枯萎的不只是櫻花。」

昌浩點點頭。

光是皇宮，就有很多樹木突然枯萎了。

出了京城，沿路栽種的除魔柊樹都枯萎了，大氣沉滯，有些柊樹甚至從除魔變成引來邪魔。

「晴明什麼都不用做，只要待在那裡，皇上就會安心。皇上保持平靜，民心的動搖也會逐漸平復，但是……」

這幾年來，皇上接連失去所愛的人。一個接一個，都沒有時間療傷。

再加上綿綿長雨、旱災、地震等災難不斷，民心渙散，使得皇上的心更加動盪不安。

然而，晴明若待在京城，惶恐不安的貴族們，為了求安心，就會連沒什麼大不了的事都寫信給晴明，把晴明請來自己家。

風音猜測所有寄給晴明的信，八成都是寫那種事。

把細微末節的事擴大，編造出仰賴晴明的理由。

這些貴族的不安，也是來自接二連三的天災地變，以及飄盪在京城的無形的沉悶。流行的傳染病，現在也還悄悄帶來死亡。沒有造成動亂，是因為大家都已經習慣周遭發生的事。

風音發出沉重的嘆息聲。

「樹木還持續枯萎，氣的循環也不順暢……唉，或許晴明大人離開這樣的京城，才能好好休息，恢復健康吧。」

只要安倍晴明健在，人心就不會沉滯，起碼不會陷入最糟的狀態。

風音聳聳肩，嘟著嘴說：

「還真沒有人可以取代你爺爺呢，千萬不能讓他太過勞累。」

昌浩搔搔臉頰說：

「沒想到會從風音口中聽到這種話……」

風音訝異地瞇起眼睛。

昌浩嘆口氣說：

「剛認識妳時，妳還想殺了我爺爺呢……呃，我這麼說沒什麼惡意。」

怕自己失言，昌浩趕緊補上後面那句話。

風音對焦躁的昌浩輕輕地搖搖頭說：

「沒關係，不用這麼在意我的感覺，你說的都是事實。」

她滑動的視線，瞥過小怪，又轉回到昌浩身上。臉上看不出感情的小怪，眨了一下眼睛。

站在它旁邊的勾陣，用擔憂的眼神看著它。它無言地豎起耳朵，好像在說不用替我擔心。

「我使出全力追殺晴明，但每次都被十二神將或你阻擋。你們證明了一件事，那就是要取安倍晴明的性命太難了。」

在接近安倍晴明之前，必須先推倒的十二神將這道牆，簡直是堅不可摧。

所以風音知道，只要有他們在，不管發生什麼事，都能在千鈞一髮之際穩住局面。

「我派嵬去調查過樹木枯萎的事，還沒查出任何原因。」

停在憑几上的烏鴉，張開鳥嘴說：

『是的，我受公主之命，連日調查了全京城，還是無法確定那些黑影是從哪裡來的。』

依他們判斷，應該不是從京城內部產生，而是從外面逐漸滲入。

但有結界保護的皇宮裡的樹木，卻枯萎得比京城外的樹木還要嚴重。

「主人的身體不好或心情低潮，樹木都會出現敏感的反應，所以皇宮裡的樹木會枯萎，很可能是因為皇上。那麼，除非皇上的身心恢復正常，否則再怎麼重新種植都沒有用……」

風音托著腮幫子咳聲歎氣，昌浩也跟著沉下臉來，嗯嗯地附和她。昌浩對這件事其實並不清楚，但既然一直待在京城裡看著這些狀況的風音這麼說，他想應該不會有錯。

然後，他忽然閃過一個念頭。

「對了，有件事不知道可不可以跟妳說。」

看昌浩有點顧慮，風音眨眨眼催他說下去。

昌浩把今天早上的夢，還有陰陽寮的藤原敏次和昌親警告他出現失物之相的事，全告訴了風音。四年前，他也作過同樣的夢、被說過同樣的話，然後就發生了黃泉瘴穴被鑿穿的事，還失去了小怪。

風音面不改色地聽著他說。

昌浩原本打算，只要她的表情稍有改變、露出痛苦的神色，就馬上改變話題。但風音完全沒有這樣的表現，所以他盡量不摻雜感情，淡淡地把事實說完。

他自認沒有摻雜感情，但也有可能做得不夠完美，他自己沒辦法知道。

於是，他看一眼小怪，發現夕陽色的眼睛沒有任何動靜。圓滾滾的清澈眼眸，只是

動也不動地盯著風音，看不到感情的波動。
昌浩覺得如坐針氈，彷彿自己拿著已經不利的鈍刀，慢慢剮著他們。他絕對不希望這樣，但結果似乎還是變成了這樣。
強烈的罪惡感湧上心頭，昌浩慢慢垂下了頭。
怎麼辦？他心慌意亂，不敢看風音的臉、小怪的臉。他後悔告訴了他們。或許應該在與他們無關的地方，說給也是那件事的當事人祖父聽。
昌浩的心在無言中動盪著，該怎麼辦的疑問在腦裡飛來飛去。這時候，耳邊響起嚴肅的聲音。
「是徵兆吧……」
昌浩緩緩抬起頭。
手指按著嘴唇、神情凝重、微微垂下眼皮的風音，注視著昌浩。不，正確來說，是觀察著昌浩臉上出現的失物之相。
「花……水滴……」
瘋狂飛舞的花瓣。水滴淌落、濺開。
但除此之外，風音也看不出什麼。
「對不起，好像蒙著一層薄紗，感覺很遙遠。」

「沒關係……妳看得見這種東西呢。」

昌浩好佩服向他道歉的風音，她似乎捕捉到比敏次、昌親更清晰的輪廓和光景。

「徵兆啊……既然出現類似狀況，表示之後也會發生類似四年前的事嗎？」

出現了失物之相。難道「失去什麼」這種事，又會降臨在自己身上？

風音搖搖頭說：

「對不起，這我就不知道了。」

沒察覺的話，很可能會發生，但昌浩已經察覺跟四年前一樣了。

「有什麼事，我隨時會幫你。」

說得這麼肯定的她，是想贖罪。平時完全看不出她有這樣的想法，這時候昌浩才知道她的悔意有多深。

昌浩也知道，風音待在脩子身旁保護她，是想為自己曾經利用她、傷害她而贖罪。

不過，感覺又不只是因為這樣。

風音看著脩子的眼神，充滿慈愛與溫柔，贖罪只是最初的動機。

「謝謝妳，我會小心。」

昌浩請風音轉告脩子，說他改天會再來，就離開了竹三条宮。

風音送走昌浩，站在從寢殿走下南庭的階梯，抬頭仰望天空。

有神氣在她旁邊降落，是送晴明到家後又折回來的六合。

微笑的風音，表情帶著陰鬱。六合看著她，皺起了眉頭。

「回來了啊？」

風音從他的表情看出他的心思，露出「敗給你了」的神情，垂下了視線。什麼事都瞞不過他，有時候也很困擾。不想被他看見的心事，也都會被他看透。

其他人不會察覺的事，這個沉默寡言的男人也一定會察覺，絕對不會看漏。

「我有不祥的預感。」

除了昌浩出現失物之相這件事外，在京城蔓延的樹木枯萎現象，更加深了這樣的預感。

竹三条宮的樹木，也是動不動就枯萎。她發現有樹快枯萎了，就疏通大氣的流動，讓樹活過來，但這麼做也只能撐過一時。

風音嘆口氣，搖搖頭，抬頭望著身旁的神將。

脩子住進這座宮殿後，風音一直待在這裡當侍女服侍她。

藤花決定來這裡當侍女時，晴明命令六合隨時待在這裡。萬一發生什麼事，晴明要他立即排除，並鉅細靡遺地回報。

十二神將的太陰、玄武，有時也會來陪脩子、藤花聊天。

晴明臥病在床時，他們也會來，神情嚴肅地思考該如何讓晴明乖乖躺在床上。惦記藤花的天一，偶爾也會來。她來時，朱雀一定會陪同。看到他們的恩愛的樣子，任誰都會莞爾而笑。

有其他神將在這裡時，六合就會回安倍家探望晴明。雖然同樣待在京城，他還是會掛念。風音深深覺得，對十二神將來說，誰也無法取代安倍晴明這個男人。

所以她也知道，神將不可能完全原諒曾想奪走晴明性命的自己，而她也有不被原諒的覺悟。

現在她可以這樣待在這裡，都要感謝晴明的恩情。她對晴明的感謝，言語無法形容。只要她能做的事，她都願意去做，這是她真正的心聲。

她的預感，幾乎都會成真，靈驗到令她痛恨。

「彩輝，若發生什麼事，你就回晴明身邊。」

風音本身不需要他保護。而且，沒什麼意外的話，只要有風音在，就能確保藤花和脩子的安全。

「有嵬跟我在，這裡就不會有事。」

六合默默注視著風音半晌後，平靜地點點頭。

◇　◇　◇

雖然春天已經過了一半，但風還是很冷。

不過，花朵逐漸綻放了，冬天期間結冰的水池也融化了。

安倍昌親的家在五条。他是住進了妻子的家。都還健在的岳父母身分並不高，比不上安倍家的血統、地位。

昌親的妻子千鶴，身體孱弱，只生了梓這個女兒，哪天應該會招贅來繼承這個家。

成親提過，要讓其中一個兒子成為梓的夫婿。今年正月還叫昌親趕快想想要選哪一個，看來是說真的。

成親的兩個兒子個性都很好，昌親沒有反對的理由。他們是堂兄妹，又是從小一起長大的玩伴，與其把女兒嫁給哪個來歷不明的男人，還不如招納參議的孫子為婿，參議是藤原一族，身分高又有財富，可以確保將來的穩定性。

昌親也是個父親，想法跟一般人一樣，都希望自己的孩子是全世界最幸福的孩子。

然而，父母擅自決定結婚對象，不准孩子反抗的社會風潮，他也不贊成。

昌親知道，祖父娶了彼此相愛的對象，父親也是。哥哥乍看像是政治婚姻，其實也是彼此相愛。生在這樣的家庭，昌親也有選擇的自由。經過努力，他也跟心儀的人在一起了。

安倍家的人不但沒反對，還全力支持，但妻子的家人並不贊成他們結婚。不是討厭昌親，而是怕體弱多病的女兒會拖累他，所以裹足不前。

為了說服妻子的雙親，昌親每天都去妻子家，苦苦哀求他們同意，這樣持續了半年。最後，他們哭著把女兒交給了昌親。他們相信，表現得這麼有誠意的年輕人，一定可以帶給女兒幸福。

擁有這樣的父親、住在這座宅院的獨生女梓，今年正月六歲了。

生她的母親身體孱弱，她似乎也遺傳了這樣的體質，體力比一般小孩差，容易疲倦。食量也小，以六歲來說，個子算是嬌小，別人家四、五歲的女孩都長得比她高。動不動就感冒，讓父母非常擔心。

除此之外，梓是個乖巧、聰明的孩子。而且長得非常可愛，還有一頭美麗濃密的黑髮，即使個子嬌小、體弱多病，將來的求婚者應該還是絡繹不絕。

她的母親千鶴，是位體弱多病但個性溫和又機靈的女性，所以她也有這方面的遺傳。而父親昌親是個聰明、沉穩的人，所以他們的女兒當然會成為嫻靜、乖巧、聰明、老實的孩子。

成親看準了這一點，想先把她訂下來。

梓拿著球，站在庭院。

正月時，成親伯父第一次帶著兩個兒子來家裡玩。這個球是那時候伯父帶來給她的禮物。伯父說是伯母和大她一歲的堂姊，特定為她選的禮物。這顆球很柔軟、彈性非常好又漂亮，梓看第一眼就當成了寶物。

兩個堂哥都是大嗓門，又很愛笑，在庭院裡跑來跑去。平常生活很寧靜的梓非常驚訝，很快就筋疲力盡了。

兩人都很擔心她，就安靜下來了。他們不再跑來跑去，攤開梓平時看的畫卷，大聲唸給她聽。然後又背誦幾首漢詩，告訴她意思。兩人都會背很多漢詩，還說要繼續學習。梓很喜歡聽他們唸詩。

他們回去後，父母跟梓說了一些話。

如果要跟他們其中一個人結婚，妳會選哪一個呢？

父親補充說如果兩個都不喜歡也沒關係，母親擔心地雙手交握。

父母說不必現在決定，但可以稍微想想。那之後，梓有時會思考這件事。

國成十歲，比她大四歲。忠基九歲，比她大三歲。她很希望哪天也能見到比她大一歲的堂姊。

砰砰拍球的梓，聽到烏鴉叫聲，把手停下來。

她抱著球仰望天空。天色漸漸變了，變成漂亮的橙色。

父親快回來了。如果會晚回來，他都會先說，今天什麼都沒說，所以一定快回來了。

太陽一下山，風就越來越冷了。雖然沒冬天那麼冷，但花朵才剛綻放的庭院還是很冷。

抱著球的雙手逐漸冰冷，她想趕快進屋裡讓身體暖和起來。

這時候，球從她凍僵的手滑落了。

梓慌忙追著球跑。用五顏六色的線描繪出漂亮圖騰的球，是她很重要、很重要的寶物。色彩鮮豔的圖騰，骨碌骨碌旋轉、彈跳。

球滾著滾著，掉進了水池裡。

梓蹲在水池邊，把手伸出去。但還差一點，搆不到球。

看到球吸收了水分，慢慢往下沉，梓快哭出來了。該怎麼辦呢？

「去找老爺爺……」

去找老爺爺，請他幫忙撿球吧，大人一定搆得到。

梓站起來，轉過身去，耳邊忽然響起微弱的水聲。

呸鏘。

是水滴的聲音。

很小聲，卻把梓嚇得走不動了。

呸鏘。

與風的冰冷不同的寒冷，從背脊往上爬。

呸鏘。

淌落的水滴撞擊水面，彈跳起來。

梓全身僵硬，連眼睛都沒辦法眨。

球快沉沒了。不趕快找人來，會來不及。

然而，腳怎麼樣都動不了。

呸鏘。

水滴淌落。只有那個聲音，在耳裡不停地響起。

『……』

彷彿有人在耳邊吐氣，梓毛骨悚然。

全身緊繃的她，覺得呼吸困難。

水滴淌落。水面搖晃。沉沉浮浮的球，響起撞到什麼的聲響。

真的很細微、細微到平時聽不見的聲響，梓全都聽見了。

因為她把全副精神都集中在她背後；因為本能尖銳地吶喊著千萬不能分心。

呸鏘。

水滴彈跳起來，在梓的腳下形成小水漬。

她轉動眼珠子，看到被夕陽拉長的最後的影子。

那是站在水池邊的自己的影子。風吹來，微微吹起頭髮，影子就微微搖曳。

梓的後面是水池，大約有四尺長、一丈寬，原本飼養鱂魚，但去年秋天全都死光了。

她忽然想起父親說過，等天氣暖和了，會再放進新的鱂魚。

梓的後面就是水池。
卻有個大大的影子、比梓還大的影子，從水池延伸出來。

呸鏘。

好像又有人在耳邊吐氣。
她顫抖著肩膀，硬是把緊繃的腳跨出去。
不要啊。
梓在心中吶喊。
不要啊。我不要回頭看。不要啊。父親，救救我。
梓顫抖的身體，背叛她的心，慢慢轉向後面。
連眨都眨不了的雙眼，因乾澀而滲出了淚水，濡溼了眼睛。
嘎答嘎答發抖的肩膀，宛如不是自己的。
心愛的球在視野角落漸漸沉沒。
梓沒辦法阻攔。
太陽快下山了，夜晚悄悄來臨。

黑暗逐漸擴展。

移不開視線的梓，直直看著前方，全身發抖，喉嚨發出咕嘟的抽動聲。

猛打哆嗦的女孩，眼中映著像人工做出來的臉。

從那張臉往下延伸的脖子，與大大的牛身相連。

那東西站在水面上，全身淌落著水滴。

呸鏘。

從下巴淌落的水滴敲響水面。

梓清楚看見，直盯著她的那雙眼睛裡映著她的身影。那個身影被壓扁、變得歪斜，彷彿被吞噬般逐漸消失。

『……』

像人工做出來的臉說了什麼話，但梓的心拒絕理解。

聲音傳入了耳裡，但她什麼也沒聽見。

心臟跳得特別快，發出撲通撲通的聲響，劇烈顫動，恍如世界就快要崩潰瓦解了。

淚水從張大的眼睛滑落下來的聲音，聽起來特別響亮。

5

吃完比平時晚吃的晚餐後，昌浩看到吉昌和晴明把吃完的碗盤挪到旁邊，準備促膝長談，他趕緊離開了現場。

父親和爺爺的事最好少管。他覺得待在那裡，很可能會掃到颱風尾。

絕對不能小看陰陽師的直覺。

昌浩點燃燈台，把面相的書、與夢相關的卷軸堆放在桌上，再從裡面隨便選出一本，攤開來看。

在搖曳的燈光中看書的昌浩，怎麼樣都靜不下心來，視線漫無目標地飄來飄去。

旁邊的小怪歪著頭問他：

「怎麼了？」

他闔上書，把書放在桌上，拉過憑几，托起了腮幫子。

「嗯，我在想爺爺什麼時候才會從吉野回來。」

小怪瞇起眼睛說：

「都還沒去呢。」

「已經決定要去啦。等大家都對他死了心，他就可以回來了，可是怎麼樣才能讓時間提早呢？」

坐在昌浩前面的小怪，嗯的沉吟起來。

「最快的辦法，就是進行思想滲透，讓大家覺得委託陰陽寮辦事，會比晴明快也更可靠。」

「果然是這樣……」昌浩沮喪地垂下肩膀，把額頭靠在憑几上說：「光靠猜謎比賽還是不夠。」

直接傳入耳裡的聲音，回應了昌浩的自言自語。

《當然不夠啦。》

昌浩抬起頭，看到好幾道神氣同時降臨、現身。

小怪回過頭，甩甩耳朵說：

「幹嘛，你們不用待在晴明身邊嗎？」

「還好。」

「我們的協助對現在的晴明毫無意義。」

「我們插不了嘴。」

朱雀、玄武、太陰依序發言，最後是天一用袖子摀住嘴巴默默笑著，表情帶著苦澀。

昌浩推開憑几，伸手把小怪抓到自己旁邊。

四名神將同時現身，昌浩的房間就有點擁擠。玄武和太陰把到處堆積的書隨便挪到牆邊，各自找了地方坐下來。

「真是個大家庭呢。」

現身的勾陣合抱雙臂，發出讚嘆聲。她沒有地方可坐。

「妳可以坐那裡。」

昌浩指向鋪著大外褂和被子的榻榻米處，勾陣面露難色。坐在別人的寢具上，太沒有禮貌了。

昌浩把憑几盡可能往牆邊靠、移動屏風和燈台，再把小怪抓到肩上，總算騰出了一點空間。

「不嫌棄的話，請坐這裡。」

勾陣聳起了肩膀。昌浩很努力幫她騰出了空間，但還是太窄。

「你的好意我心領了。」

她走到外廊，靠著板門站立。小怪看到她腳下有空位，就從昌浩肩膀跳下來，移到那裡去。

「怎麼了？騰蛇。」

「沒什麼，我想把空間讓給他們。」

想不通它在幹嘛的勾陣，看到它指的地方才恍然大悟。

朱雀和玄武把榻榻米移到搬開屏風後空出來的地方。同袍們擠在狹窄的地方，圍著昌浩坐成半圓形狀。

昌浩回京城後，在與晴明的猜謎比賽結束前，神將們都沒跟他接觸過。聽說是晴明禁止他們來。

猜謎比賽結束後，昌浩要忙陰陽寮的工作，又因為晉升為陰陽生，必須把離開陰陽寮這段期間落後的課程補回來，要很努力讀書，所以空不出時間跟他們好好交談。

朱雀把手頂在額頭上，瞇起眼睛說：

「你真的長高了呢，比勾陣高半寸吧？」

吃晚餐時，昌浩還結著髮髻、戴著烏紗帽，回到房間就脫掉帽子，把頭髮解開綁在背後。他也把手頂在額頭上說：

「有半寸嗎？沒正式比過，但的確比她高了。」

「朱雀的目測應該沒錯，你看，那根柱子不是有節子嗎？」跪坐的玄武指著柱子說：「勾陣的身高剛好到節子的地方，而你的身高超過那個節子五分。」

「原來如此。」

昌浩不禁讚嘆，玄武連這種細節都看得很清楚呢。

看著合抱雙臂站立的勾陣，昌浩的眼睛歡樂地亮了起來。

「對了……朱雀，你站到勾陣的旁邊看看。」

朱雀照指示做。昌浩望向他與勾陣的頭部位置，頗有感觸地說：

「神將……很高大呢……」

他站起來，跟朱雀比身高，勾陣用手指比畫出他跟朱雀的差距。

能長到這麼高，昌浩自己也很驚訝，但只是在人類中算高，跟朱雀比起來還是差了三寸多。

「六合跟騰舌差不多這麼高。」

勾陣指著比朱雀頭部再高一點的地方。

小怪跳到勾陣肩上，用後腳站起來說：

「啊，差不多這麼高，眼睛的位置在這裡……」

端坐的玄武看到小怪挺直背脊由高處俯瞰朱雀，就眨眨眼插嘴說：

「等等，騰蛇，你以小怪的模樣來比，即使眼睛的位置一樣，頭部的位置也不一樣吧？小怪的模樣會比較矮啊。」

「嗯，說得也對。」

被提醒的小怪甩動兩隻耳朵。

兩手抱著膝蓋坐在地上，興致勃勃看著大家的太陰，慌忙開口說：

「等等！你可別因為這樣變回原貌哦，騰蛇！你這麼做，我會大叫！我會逃走！」

「知道啦、知道啦。」

小怪嘆著氣點點頭。

這時昌浩才發覺，小怪移到勾陣腳下，並不只是為了空出位子，感受到它的用心。

自從十四歲那年的夏天，在伊勢道別後，昌浩就沒有跟太陰、玄武好好說過話，大約有三年了。

回京城後，只偶爾會在竹三条宮見到六合，跟其他神將幾乎沒有交流。

有很多事，他都忘了。原來太陰到現在還怕紅蓮呢，面對小怪模樣的紅蓮，或許不會因為深不可測的恐懼而縮成一團，但仔細觀察，還是會發現太陰坐在離小怪最遠的地方。

他覺得時間已經過了很久，但人類感覺中的三年半，與神將的三年半可能相差很多。以神將的感覺，在伊勢的道別，說不定就像前天的事。

不過，凡事都要試過才知道行不行。下猛藥也是一種治療手段，既然活著就該學習克服。

「……」

太陰看到昌浩的眼神，猛搖著頭說：
「不用！我很好，不勞你費心，昌浩！我的心情夠平靜了！」
驚慌失色地說完一長串話的太陰，躲到天一背後。
「所以，你千萬不要多管閒事。你雖然長高了，想法卻還是跟以前差不了多少，成熟一點嘛。」
「咦？」
半眯起眼睛的昌浩，視線掃過所有人，看到他們都各自點著頭，對太陰的說法表示贊同。
「你的聲音變低沉了，跟吉昌很像，說起話來卻一點都沒變，這樣好嗎？」
太陰躲在天一背後，還是合抱雙臂，擺高姿態說話。
「我已經很努力讓自己在各方面變得更成熟啦，好懊惱……」
看到昌浩氣嘟嘟的樣子，朱雀在他頭上亂抓一把，心直口快地說：
「很高興你還是原來的你，對吧？天貴。」
頭髮被毫無保留的力道抓得亂七八糟的昌浩，有那麼一瞬間，不禁懷疑大家會覺得他跟以前一樣，只是因為他雖然長大了，大家對待他的方式卻還是沒改變吧？
天一微笑著向他招手說：

「昌浩大人，我幫你整理頭髮，過來吧。」
天一從懷裡拿出了精雕細琢的梳子，昌浩乖乖坐在她前面。
她幫昌浩解開頭髮的繩子，開始仔細地梳起亂七八糟的頭髮，她的手既靈巧又輕柔。
「原來天一有梳子呢。」
「是啊，以前天空翁給的……」
十二神將天空可以無中生有，創造出東西。當然，只能做些小東西，最大的頂多就是武器。不過，聽說青龍的大鐮刀也是天空做出來的。
朱雀大步走過來，拿起天一手上的梳子說：
「我負責幫你梳。」
「咦？不用了，我自己梳。」
昌浩驚慌失措，朱雀按住他的肩膀，笑容溫柔到有點詭異，潔白的牙齒在燈台的光線下閃閃發亮。
「昌浩，不用客氣，別小看我，我很會梳喔。」
「咦咦咦咦！」
玄武坐在手足無措掙扎著想逃走的昌浩旁邊，點著頭說：
「朱雀的確很會梳，昌浩，讓他梳吧。」

盡可能坐在遠離小怪的地方的太陰也接著說：

「真的哦，昌浩，天一的頭髮也是朱雀梳的。」

「咦！」

昌浩實在太吃驚了，不由得望向小怪和勾陣，看到他們也無言地點著頭。

再望向天一，她也是滿臉通紅地說：

「是啊，天后和太裳有時也會幫我梳，不過，朱雀有空時，都是他梳的……」

「當然啦，在這世上最懂得欣賞妳的美的人就是我啦。天后和太裳幫妳綁的頭髮，都沒注意角度，而且不是太粗就是太細，都達不到我的標準。」

小怪用朱雀聽不見的聲音喃喃說道：

「是你的標準訂得太高也太細了吧？」

只有勾陣聽得見，苦笑著聳起了肩膀，但沒有否決的意思。

佩服得五體投地的昌浩說：

「是哦……對了，勾陣不會梳嗎？」

他望向勾陣，鬥將中唯一的女生勾陣坦率地說：

「我也能梳啊，可是朱雀不讓我碰她。」

語氣聽起來很淡然，昌浩卻覺得她的眼神有點呆滯、飄忽不定，不知道是不是自己太

多心了。

「這樣哦……哎呀……也是啦……」

支支吾吾敷衍過去的昌浩，心想是朱雀的獨佔慾太強，所以不想讓勾陣碰天一，其實勾陣很會梳嗎？還是勾陣很想梳，可是技術不好，所以被朱雀阻擋了？事實到底是怎麼樣呢？他很想知道，但有預感，再追究下去會自找麻煩。

「看，梳好了。」

朱雀把手放開。昌浩看不見，所以摸摸看。用繩子緊緊綁在脖子後面的頭髮，比他想像中整齊多了。

第一次知道朱雀有這種出人意料的特殊技能，昌浩深深覺得，直到現在神將都還有許多他不知道的事。

「看我的臂膀，就覺得我不會做細膩的事吧？」

昌浩凝視著朱雀裸露的雙臂的結實肌肉，朱雀笑著擠出二頭肌給他看。

一直坐在相同位置的玄武，眉也不皺一下地說：

「不是有句話說人不可貌相嗎？」

「哇，好棒，我也想要那樣的肌肉。」

昌浩捲起袖子，露出自己右手的臂膀。確實如他所說，跟朱雀差很遠。

「可是結實很多啦，腕力增強了吧？」

聽到玄武的評價，昌浩面有難色地說：

「可能還是會輸給玄武吧。」

「這是沒辦法的事啊，我們的力氣跟人類完全不同層次。」

「說得也是。」

身為人類的昌浩，連太陰、天一都贏不了。

朱雀、六合、紅蓮的臂膀都不粗，但肌肉都很結實，練出那樣的臂膀是昌浩的目標。但肌肉太厚，不適合練神祓眾的武術，所以很難兼顧。必須做到不需要的地方不要有肌肉，只在需要的地方練出肌肉。

夕霧他們安排的修行中，也包括練出必要肌肉的課程。這種肌肉要靠平日的累積培養出來，所以昌浩回京城後，也是每天鍛鍊。

「聽說你變得很強呢，改天我跟你切磋看看。」

朱雀顯得很開心。以前他也陪成親、昌親練習過，可能很期待看到他們的弟弟有所成長吧。

「啊，那麼教我劍術吧。我深入學習了武術，但劍術沒學多少。」

向勾陣學也行，可是勾陣其實是左撇子，正好跟昌浩相反。

她左右手都能俐落地操控武器，俐落到大家都以為她雙手都行，所以她使用的是雙劍。鬥將一點紅的戰姿，昌浩看過好幾次，自知贏不過她。

雖然她腰間佩戴兩把筆架叉，但昌浩知道她只靠一把刀也很能打。

不過，可能的話，昌浩還是希望向擅長使用一把刀的朱雀學習。

朱雀欣然答應了。

「好啊，從什麼時候開始？」

「恐怕要等晴明從吉野回來以後吧？不過，吉野飛一下就到了，我接送你回京城也行。」

太陰咧嘴笑著，朱雀的臉卻緊繃起來。

看到朱雀那張臉，昌浩忍不住笑出來。玄武、小怪、勾陣也跟著笑，笑得肩膀微微顫動，連天一都用袖子悄悄摀住了嘴巴。

朱雀聳聳肩露出苦笑，只有搞不清楚狀況的太陰豎起眉毛說：

「喂，你們什麼意思？幹嘛笑成這樣？我那麼說是一片好意耶，算了，以後你們拜託我送，我也不送了。」

太陰氣得拱起了肩膀，昌浩笑著對她說對不起。

「我感覺不到你的誠意！」

還氣嘟嘟的太陰緊繃著臉，昌浩拍拍她的肩膀安撫她，又說了好次對不起，卻還是忍不住笑出來，所以太陰還是很不高興。

「昌浩、還有你們！不要再笑啦！」

很久沒聽到太陰尖聲尖氣的叫聲了，也很久沒度過這麼熱鬧的夜晚了。

昌浩既懷念又開心，還是忍不住笑了。

◊ ◊ ◊

隔天，昌浩一到陰陽寮就先去找昌親。

屬於天文部的昌親，通常會提早到。

但到了天文部，昌浩卻沒看到二哥的身影。

「咦？還真稀奇呢……」

在昌浩腳下的小怪，環視室內一圈，也訝異地張大了眼睛。

這時候遲到的吉昌來了。

「喲，怎麼了？昌浩，快到上課時間了，快回陰陽部啊。」

「父親，我有事找昌親哥，可是他好像還沒來呢。」

「什麼？」

小兒子說得沒錯，吉昌沒看到身為天文得業生的二兒子。
「怎麼會這樣呢？他昨天什麼也沒說啊……」
聽見吉昌疑惑的嘀咕，無法言喻的不安襲向昌浩。
昨天，敏次與昌親都看出了失物的徵兆。
或許無關，但也可能又發生了相關的其他事。
「總之，你快回你的部門。等昌親來了，我會告訴他你來找過他。」
響起的上課鐘，與吉昌的語尾重疊了。
「那就拜託父親了。」
昌浩邊跑邊行禮，匆匆忙忙趕回陰陽部。
昌浩衝進陰陽寮，與身為博士的成親飛奔進來，幾乎是同一時間。
從架子拿出必要道具的敏次，半眯起眼睛，瞪著氣喘吁吁的兩人。他的矮桌上書、筆、墨一應俱全，紙上也寫了文章，但只寫了五行半。看就知道，他已經開始工作，只是中途發現少了什麼，所以站起來拿。
敏次站在並排的兩兄弟前，橫眉豎目地說：
「博士、昌浩大人，請恕我僭越，你們就不能提早兩刻鐘出門嗎？」
正色直言的敏次，忽然背向他們，摀住嘴巴，喀喀的咳了起來，聲音比平時沙啞。

昌浩縮起了身子說：

「對不起……」

其實他早就到陰陽寮了，只是不在陰陽部，但這麼說只會成為藉口。

成親用手背擦拭額頭上的汗水，表情有點僵硬。

敏次發覺他的神情比平時緊繃，稍微緩和語氣說：

「成親大人……您怎麼了？」

聽到敏次這麼說，昌浩也發覺成親的樣子不太對勁。

成親心頭一驚，用握起的拳頭背後輕輕敲打額頭，顯得有點焦躁。

「對不起，顯現出來了。」

昌浩和敏次都沒告訴他，不只從臉色，從態度也看得出來。

但他似乎從他們的表情看出了端倪，臉上瞬間浮現苦笑。

「啊，不用擔心，沒什麼大了的事。好了，快工作吧。」

語氣強裝開朗的成親，製造出不能再深入追問的氛圍。

昌浩與敏次默默相對而視，沒再說什麼，走回座位，開始各自的工作。

成為陰陽生的昌浩，工作就是深入鑽研陰陽道，邊學習也邊累積占卜等法術的臨場經驗。陰陽生扮演的角色，除了跟隨陰陽博士學習外，還要協助陰陽博士的工作。

邊學習，也邊做自己的研究。發掘自己擅長的領域，加以琢磨，為將來做好準備。有沒有充滿自信的領域，對將來的影響很大。

陰陽部有專門用來上課的教室，跟寮官用來完成任務的房間分開。在那裡聽課，是昌浩每天的例行活動。

他邊聽成親講課，邊仔細觀察哥哥的神情。

哥哥跟平常一樣，不時夾雜笑話讓陰陽生們放輕鬆，但重點也都掌握到了，上課內容非常充實。縱使拋開自己人的私心，他也覺得成親教得很好。

敏次是陰陽得業生，所以座位跟昌浩等陰陽生不一樣，他的桌子是擺在可以同時看見陰陽博士與陰陽生的位置。他必須同時看著講課的成親與聽課的陰陽生，在紙上振筆疾書，所以表情非常嚴肅。在昌浩記憶中，從來沒看過他分心的樣子。

成親在成為陰陽博士前，是擔任曆博士，教曆生們曆道。他被解除曆博士的職務，又被派任為陰陽博士時，曆生們都難過得不得了，不停開會討論要如何推翻那樣的決定。

聽過成親的課，昌浩才了解他們的心情。成親會認真地看著每一張臉，配合每個人使用不同的話語做說明，確認對方是否理解、贊同，再繼續講課。而且隨時接受發問。若是查就知道的問題，就讓他們自己去查。偶爾也會有成親無法當場回答的問題，這時候他會老實說不懂，在下一堂課前找出答案，加上自己的註解，為大家做說明。

昌浩覺得，聽成親講課是很開心的事。然後，他忽然想起一件事。

祖父也教過他很多知識。在聽那些知識時，他也覺得很開心。因為開心，所以會想知道更多，也會想協助祖父。

「昌浩……」

思緒在遙遠的過去馳騁的昌浩，猛然驚醒過來。

帶著微笑的成親，合抱雙臂站在他前面。

「你好像心不在焉呢，不想上課的人可以出去喔。」

縱使是兄弟，成親也絕不寬容。不，正因為是兄弟，所以成親對昌浩更加嚴格，不希望有人說他偏心或對昌浩特別。更何況，昌浩是由於種種因素才取得陰陽生的地位，起跑點就跟他人不一樣了。

「對不起。」

昌浩立刻道歉，端正坐姿。成親無言地點點頭，又開始講課。

在旁邊看的小怪，甩個尾巴，低聲說：

「成親那傢伙不太對勁。」

昌浩邊寫筆記，邊瞥小怪一眼。小怪嚴肅地瞇起了眼睛。

「他的表情很緊繃，到底怎麼了？」

其他人都沒發覺，但小怪和隱形的勾陣都看出來了。

昌浩把嘴巴撇成ㄟ字形，以眼神回應小怪。雖然思緒中途飛到了從前，他也覺得成親的樣子不太對。

原來不是自己多心。

鐘聲響起，宣告下課時間到了。

「今天就上到這裡。」

闔上書走出教室的成親，表情看起來像是在生氣。

昌浩想追上去問他怎麼了，但他早上說過不是什麼大不了的事。

「唔……」

抱著紙張、硯台盒離開教室的昌浩，在外廊低聲沉吟。

後面傳來強烈的咳嗽聲，他偏頭往後瞧，看到敏次趴在桌上。

這時昌浩才想到，上課中他連一聲都沒咳。

陰陽生包圍著他，你一言我一語不知道說著什麼。

昌浩也擔心地走向他。

「昌浩。」

聽見叫聲，昌浩反射性地扭過頭。

「哥哥！」

是昌親。他臉上堆著淡淡的笑容，但表情陰沉，顯然有心事。

「你今天早上比較晚到，害我跟父親都有點擔心。」

「是啊，我聽父親說了，對不起。」

昌浩搖搖頭，對道歉的昌親說：

「不用道歉啦。對了，我是想今天工作結束後去哥哥家，所以到時候我們一起……」

看到昌親的表情扭曲，昌浩說到一半就打住了。

「關於這件事，很抱歉，改天再說吧。」

昌浩訝異地皺起眉頭，低聲詢問：

「怎麼了？」

是昌親自己說姪女會忘了他，邀他去玩的啊。

後面的陰陽生們一陣騷動。好像是敏次要站起來，卻又虛弱地癱坐下來，趴在桌上咳得很厲害，所以大家討論要不要送他去典藥寮。

「我女兒……」

昌親悲痛欲絕的聲音，扎刺著昌浩的耳朵。

背後的陰陽生們，扶著敏次走出了教室。

6

昨天，昌親回到家，就看到千鶴待在梓的床邊，臉色白得發青。

梓的額頭冒著汗，呼吸急促。

昌親問怎麼回事？千鶴指向擺在一條布上的球。那顆球是正月時成親送的禮物。漂亮的錦緞圖騰變得髒兮兮，到處都是水漬，仔細看才知道是弄溼了。

聽說是掉進了水池，昌親頓時臉色發白，心想她總不會是在大冷天裡掉進了水池裡吧？

幸好不是他想的那樣。球的確掉進了水池裡，但梓是蹲在水池邊。

發現梓的是長年服侍他們的雜役老人，梓都叫他老爺爺，很喜歡他，他也把梓當成自己的孫子般疼愛。老爺爺還踩進冰冷的水裡，把沉入水裡的球撿起來。

梓可能是大冷天待在外面太久，嚴重感冒了。我為什麼沒發現她跑去了庭院呢？這麼說的妻子，掩面哭泣，看起來就快撐不住了。

昌親拜託岳母照顧千鶴，自己一整晚都陪著發高燒、夢囈呻吟的女兒。

他把毛巾弄溼扭乾，替女兒擦拭額頭上的汗珠；讓房間保持溫暖，以免女兒受寒；偶爾打開板門，讓空氣流通。

但女兒還是高燒不退，直到天亮狀況都沒有好轉。

原本很想請假的昌親，因為休息了一個晚上的妻子接手照顧女兒，所以沒睡覺就去了陰陽寮。

他為遲到的事，向身為天文博士的上司父親道歉，並提出早退的申請，理由是女兒生病了。吉昌允許了，但今天有非解決不可的事，所以要把那些事做完才能走。吉昌很想馬上放他回去，但他是得業生，吉昌還是需要他的協助，所以沒辦法那麼做。

地位晉升，俸祿就會增加，生活也會變得更寬裕。所以，地位晉升是值得高興的事。但越飛黃騰達，就越沒有自由。責任會伴隨職務與地位而來，不能丟下責任不管。

這些昌浩都知道，但當家裡發生大事時，他就會很想拋開這一切。

不過，只要能完成每天的工作，有什麼意外時，自己提出的要求就很容易通過，所以認真工作就對了。

「事情就是這樣，等她復元你再來吧。」

昌親做了這樣的結論，昌浩的表情就像痛在自己身上。

「小千金還好嗎？……我能為她做什麼嗎？」

從哥哥的神情就知道小千金一點都不好，昌浩說完才想到，趕緊換成後面那句話。

他知道自己就算有心，也做不了什麼，但就是很焦躁。

他氣自己只能想到帶什麼營養的東西去探望她，或是盡陰陽師的職責為她祈求病癒，但這些事哥哥一定都做了。

感覺很無力的昌浩愁眉不展，昌親看著他苦笑起來。

「不如你幫她把球弄乾淨，讓她一醒來就能玩吧？」

「球？」

昌浩歪著脖子問，昌親滿臉疲憊地瞇起眼睛說：

「那顆球用五顏六色的絲線，繡出了大朵的牡丹花、梅花等……各種季節的花，非常漂亮。我女兒很寶貝那顆球，但掉進水池裡弄髒了。她醒來後，看到球變成那樣，一定很失望。」

昌浩的心臟突然狂跳起來。

「……花？……」

瞬間浮現腦海的是失物之相。

敏次的話在耳邊響起。

水滴淌落在花上。

繡著花朵圖案的球，掉進水池裡，被水池的水弄髒了。當時蹲在水池邊的姪女，現在正發著高燒。

不會吧？

昌浩的胸口越來越糾結。

「對了，大哥雖然沒說，但我想那顆球應該是他請大嫂特別為我女兒做的。」

昌親半無奈地笑了起來。

「大哥只說是大嫂和他女兒選的禮物，但我覺得他是想藉那顆球表現誠意，讓我知道他要把國成或忠基跟我女兒湊成對，並不是說說而已。」

昌浩啞然失笑，心想成親的確可能這麼做，原來他們談過這種事呢。

這輩子他應該跟這種事無緣。因為他不會跟任何人結婚，也不會生孩子。

「對了。」昌親搖搖頭，改變了話題。「聽說爺爺明天出發？」

「啊，沒錯，好像是。」

這麼回答的昌浩，想起吃早餐時的事。

晴明擺著一張臭臉，默默動著筷子，一句話也沒說，吉昌則是心情大好。

這個心情大好的父親說，一切準備就緒，隨時可以出發，乾脆就今天吧？

這時晴明總算開口了。

不用把我當成累贅，這麼急著把我趕出去吧？

吉昌反駁了。

我們沒把你當成累贅，只是要你在吉野避一下風頭。

生怕被牽連，盡可能悄悄吃著飯的昌浩，在內心獨白。

光聽這段對話，恐怕會被當成父子關係很差的家庭吧？

而在一旁從頭看到尾的小怪也有它的想法。

既然這麼不滿，晴明就搭乘太陰的風，往返於吉野與京城之間嘛。讓大家都以為晴明待在吉野，實際上待不到三天就回來。這樣就沒問題了，待在吉野也是事實，不會失了信譽。

但小怪中途就推翻了自己的想法。

萬一被誰撞見，搞不好又會產生新的晴明傳說。譬如說，安倍晴明太厲害了，居然不到一夜的時間，就能往返於吉野與京城之間。這麼一來，大家不就會認為無論在何地、何時都可以委託晴明嗎？因為晴明可以隨時回到京城。

想到這裡，小怪搖了搖頭。這種危險性太高了，可不能開玩笑。假如京城平安無事、祥和，京城人心也夠穩定，或許不會那樣強求晴明，但現在不能說是一般時期。

吉昌是想讓晴明在吉野住一段時間，等貴族們不再那麼依賴他時，再讓他悄悄回京城，還是這樣的想法最實際。

「爺爺很不情願，但父親完全沒得商量，堅持到底。」

「這樣啊，父親不愧是爺爺的兒子呢。」

「我也這麼想。」

促成那場猜謎比賽的沉默的憤怒，不再是針對晴明，而是針對還繼續依賴晴明的貴族們。

昌浩也能理解吉昌的心情。與爺爺分開令人難過，但總比讓爺爺過度勞累好多了。

而且，天后也為差點成為兩條平行線的晴明與吉昌，提出了一個建議。

她說在安倍家與吉野放置水鏡，他們一家人就可以交談了。

晴明要去吉野，神將們也會分成兩路。

不用問也知道，小怪與六合會留在京城。從勾陣的言談中，可以聽出她也打算跟隨昌浩留在京城。

由昨天的狀況來看，朱雀、太陰、玄武、天一是決定與晴明同行了。不用說，青龍也是。沒聽說白虎決定怎麼做，不過，他可以隨時來來去去，所以昌浩猜他應該會跟隨主人。

天空、太裳和天后，也在思考該怎麼做。從天后的提議來看，她應該會跟隨晴明，或回異界待在隨時可以降臨吉野的地方。

水鏡是由水將的神氣做出來的，不需要水將待在附近。以前，勾陣和天一曾長期滯留道反神域。當時，玄武在那裡留下了水鏡，京城的小怪與道反的勾陣，一有空就會透過水鏡聊些有的沒有的，朱雀與天一也常透過水鏡眉目傳情，醞釀出誰也不能介入的氛圍。

因此，昌浩幾乎沒有機會使用水鏡。不過，他其實也沒什麼事需要用到水鏡，只是很想知道透過水鏡說話的感覺，所以有點羨慕他們。

當時，她還住在安倍家。後來昌浩曾與她站在一起，跟待在道反的神將們交談。遠在他處的神將們，就像在眼前跟他們兩人說話，讓他讚嘆不已，覺得很有趣。

雖然沒談什麼重要的事，但那些點點滴滴都成了令人懷念的美麗回憶。

「這件事不要告訴爺爺，我走了。」

昌親壓低嗓門說。

昌浩驚訝地看著二哥，二哥苦笑著說：

「他要是知道曾孫發高燒臥床不起，一定會說這種時候怎能去吉野。」

昌親的女兒身體本來就不好，發高燒臥床不起，這也不是第一次了。不能說司空見慣了，但昌親和妻子的確經常心痛地祈禱孩子平安無事。

「等燒退了，應該就會好了。」

昌親嘴巴這麼說，表情卻黯然無神。

據他說，女兒雖然高燒昏迷，卻會不時發出慘叫般的聲音、說著夢話，以前從來沒有這樣過。

「夢話嗎？」

「嗯，聽不懂她在說什麼。不過感覺她很害怕，可能是作了惡夢。」昌親吐出疲憊的沉重氣息，甩甩頭，仰起臉說：「剛才被陰陽生們扶著出去的是敏次大人吧？」

「是啊，他從昨天就不太舒服了……」

昌浩望向典藥寮那邊，昌親對他說：

「風還很冷，很多人都感冒了，你也要小心哦，昌浩。」

「我知道，哥哥，你也不要太累了。」

親昌對擔心他的弟弟點點頭，微微一笑。

隔天，安倍晴明出發去吉野了。

成親的岳父說要準備馬車，但晴明鄭重拒絕了，他說要走路去吉野。

沒有人類陪同，只有擁有靈視能力的人才看得見的十二神將跟隨。

昌浩聽從吉昌的命令，送晴明到羅城門。昨天，吉昌跟成親談定了所有事。一切就緒的準備中，也包括昌浩送晴明到途中這個部分。

送走晴明後，昌浩還要趕去工作，所以穿戴直衣、烏紗帽、鞋子。晴明是穿戴狩衣、

狩褲，腳上套著綁腿、穿著足袋、草鞋，是準備走長路的裝扮。行李先由昌浩扛著，出了京城就要交給朱雀或玄武。

擦身而過的貴族們，看到晴明一身旅行裝扮，跟昌浩走向羅城門，有幾個顯得很沮喪。還有少數幾個直接過來跟他們說話，但都被昌浩擋住，簡短結束了談話。

板著臉往前走的晴明，在快到羅城門之前，深深嘆了一口氣。

「你們幾個真是……」

這是晴明今天的第一句話。

昌浩把嘴巴撇成乁字形。

「我要聲明，我們並不是要排擠爺爺。」

「那當然啦。」晴明間不容髮地回應，半瞇起了眼睛。「既然這樣，我就好好享受以前沒辦法擁有的墮落生活。」

這時候，神將們不知道為什麼噗哧笑出來了。昌浩訝異地環視神將們的臉，他們都把視線轉向遠處，躲開了昌浩的視線。

很久沒坐在他肩上的小怪也一樣。隱形的勾陣也沉默不語。

不只昌浩，晴明也狠狠瞪著神將們。

昌浩百思不解，歪著頭問：

「墮落生活嗎？我不太能想像爺爺墮落的樣子耶。」

說到這裡，神將們又噗哧笑了出來。

表情比剛才更驚訝的昌浩，環視他們一圈。他們發覺晴明的眼神比昌浩更嚴厲，刻意乾咳幾聲，一副心神不定的樣子，全都隱形了。

昌浩搞不懂怎麼回事，問臉色更加難看的晴明：

「爺爺，大家是怎麼了？」

「嗯……」

唯一沒有隱形的小怪，舉起前腳，代替低聲沉吟的晴明回答。

「晴明墮落，我們就會受到種種牽連。」

「啊？」

「不要問太多，我們只想過太平的生活。」

昌浩兩眼發直，盯著小怪。他完全聽不懂，只覺得思緒更混亂了。

晴明板著臉沉吟了半晌，一副氣不過的樣子說：

「他們是覺得我說了不像我會說的話吧？」

原來是這樣啊，昌浩恍然大悟。沒錯，跟隨晴明這麼久的神將們，很可能會那麼想。

晴明再怎麼說不接、不接，還是會接下麻煩的委託案，幫忙解決。看他待在家裡好像很悠閒，其實不是翻書看，就是振筆疾書。雖然偶爾會跟神將下圍棋娛樂，但在昌浩記憶中，從沒看過晴明無所事事的樣子。

小怪的表情像是強忍住了苦笑，忍到腮幫子微微顫抖。神將們知道昌浩所不知道的晴明，所以別有一番感慨。

快到羅城門了。

據昌浩目測，大約剩十丈遠。穿過羅城門，再往南走一段路，就是巨椋池了。昌浩不能送到那麼遠，打算在城門外沒人看見的地方，把行李交給神將們。

在穿越城門前，兩人都沒說話。

走出京城，沿路都是繁密茂盛的樹木，但也有幾棵枯萎了。氣都枯竭了。在這種地方，沒有人照顧，大概只能任憑那些樹凋零了。

走沒多久，晴明忽然想起了什麼，開口說：

「你有按時為梅花祈福嗎？」

昌浩一時沒聽懂祖父在說什麼，想了一下，知道祖父說的是送給自己一枝梅花的宮裡的梅花樹，點點頭說：

「有，今天是第二天。」

「你說過要連續做五天吧？」

「是啊。」

晴明回應說這樣啊，瞇起了眼睛。

「那就是我到吉野的時候囉？」

祖父的側面看起來十分愉悅，昌浩的嘴角也不禁泛起笑容。

「對了……我也會向木魂神祈禱，讓爺爺一路平安。」

「那就拜託你了，不過有朱雀在，沒什麼好擔心的。」

「是沒錯啦，但這是我的心意。」

那棵梅花樹充滿了生命力，在氣已經枯竭的眾多樹木中，生龍活虎地開滿了花朵。

聽說吉野山中都是櫻花樹，但至少會有一棵梅花樹吧？梅花樹的同伴們，應該互有聯繫。說不定這裡的梅花樹會代為轉達那裡的梅花樹，說有客人會去吉野。

「樹木染上了魔性就很可怕。」

可能是想起前幾天那棵櫻花樹，快到前方岔口的地方，晴明說出了這句話。

「尸櫻……」老人瞥昌浩一眼說：「前幾天那棵櫻花樹，差點染上了魔性，幸好及時控制住了。」

「是嗎？」

「你不知道啊？真沒用。」

晴明裝模作樣地嘆息、搖頭，昌浩拉下臉說：

「真是對不起啦……可是，氣枯竭了，卻還結滿了花蕾……」

他想起祖父當時說的話。祖父仰望著壯觀的櫻花樹，的確說了那句話。

晴明點點頭。那棵樹的確是氣枯竭了，卻還結滿了花蕾。

不過……

「開花前，污穢被你淨化了，所以後來開的花是櫻花色。」

昌浩回想當時。在月光中飄落的無數花瓣，的確是看起來像白色的漂亮粉紅色。

「尸櫻不是櫻花色嗎？」

「不是。」

那棵櫻花樹差點變成了尸櫻，但及時逃過了一劫。氣循環到每一根樹枝，洋溢的春天氣息化成無數的花瓣，撒落地面。

「污染那棵櫻花樹的尸櫻，應該在某處。恐怕要斬斷根源，才能阻止樹木的枯萎。」

使樹木枯萎的黑影。被氣已枯竭的櫻花樹吞噬的東西。死者的遺恨會招來氣的枯竭。

昌浩一個字一個字咀嚼晴明說的話，不禁張大了眼睛。

咦？慢著。他似乎想到了什麼、想通了什麼。

「嗯？」

「您說是死者的遺恨形成了尸櫻？」

「嗯。」

「所謂死者的遺恨，是指怨念之類的東西嗎？」

「嗯。」

晴明的眼睛炯炯發亮。坐在昌浩肩上的小怪，也動了動耳朵。

兩人都側耳傾聽，昌浩集中精神，把浮現腦中的不成形的東西，轉化成自己知道的文字。長久以來煙霧迷濛、模糊不清的東西，逐漸有了形狀。

「呃，那個黑影會使樹木枯萎、剝奪活人的生氣增強力量，是意念的凝聚體。」

「嗯。」

「是活人的不安、恐懼、憎恨等負面情感，培育出了這樣的意念。」

「嗯。」

「總而言之，就是活人沉滯的心……形成了尸櫻？」

昌浩想到什麼就說什麼，晴明滿意地笑了起來。

「很好、很好。」

晴明似乎很開心，不停地點著頭。

這樣是不是表示自己猜對了呢？昌浩慎重思考著。在他肩上的小怪，小聲對他說你

的猜測是對的。

啊！昌浩大叫一聲。

「所以爺爺才會接下皇上、貴族們委託的沒什麼大了的事，全都替他們解決了！」

京城天災不斷、流行病蔓延。而且，在大家不知情的狀態下，大地氣息混亂，支撐大地的巨大神柱也被污染，引發不只人類連魔怪的心都被攪亂、沉滯的事件。氣會循環，所有事都環環相扣，由此可見，那些事最後也都會循環到人類身上。

那麼，晴明是很久以前就預測到會演變成這樣嗎？在沒人察覺之前，他就先看到將來，採取了行動。

然而，事情逐漸擴大到晴明一個人無法負荷的地步了。

風音也對小怪說過，她曾努力不讓那東西進入京城。

晴明是忙著拯救京城的人心，以防止人心墜入黑暗，而風音則是一直在阻止逼近京城的東西。

現狀是兩邊都沒辦法一個人承擔了。

「不能說那些是沒什麼大不了的事。」

終於看清全貌的昌浩，茫然若失，晴明嚴厲地對他說：

「對你來說不是什麼大不了的事，對當事人來說是很嚴重的事，才會特地找陰陽師商量。」

「是……對不起。」

被晴明的正論懾服的昌浩，老實地道了歉。想到最近老向人說對不起，他不禁沮喪地垂下肩膀，抿住了嘴巴。

他非常清楚，以前他認為修練三年就可以學到種種東西，只是自己的自以為是，還差得太遠了。

晴明從他的表情看出他的心思，對他說：

「能察覺就很了不起啦，我沒跟任何人說過呢。」

然後老人開朗地笑了起來。

「我不在的期間，所有事就交給你啦，昌浩。」

沒想到祖父會這麼說，昌浩啞然失言。

晴明直盯著昌浩。驚慌失措的昌浩，心想要趕快回應才行。可是該怎麼回應呢？做不到的事，總不能說做得到。可能做不到，就不能說放心交給我吧。自以為做得到，最後還是做不到，以前或許可以被原諒，現在就不行了。

晴明的眼睛好像對他說著這些話。

昌浩屏住氣息，大半天才開口說：

「我會……盡可能努力去做。」

這麼回答已經是昌浩的底線了。他想祖父一定又會搖頭嘆息，沒想到晴明竟然滿意地瞇起了眼睛說：

「嗯，這樣就行了。」

分外緊張的昌浩喘口氣，放鬆了肩膀。

事後他才想到，那是祖父第一次對他說那種話。

所有人繼續往前走，昌浩和晴明沒再說什麼話。

小怪偶爾會跟晴明閒聊幾句，晴明也會回話，昌浩漫不經心地聽著。

行李的重量完全不成問題，他卻覺得每走一步，腳就越沉重。思緒一片混亂，好想乾脆往回走，帶著爺爺一起回家。然後去陰陽寮，先為梅花祈福再開始工作。

當然，這只是一時興起的念頭。

前進到看不見羅城門的地方，昌浩就把行李交給了朱雀。

他說小心慢走，晴明回說我很快就回來了。

然後又催他說：「你還要工作，趕快走吧。」但他就是不肯離開，站在那裡送晴明。

頻頻回頭的晴明，看到昌浩站在那裡直盯著自己的模樣，露出難以形容的溫柔眼神盈盈笑著。

站在昌浩肩上目送主人的小怪，甩甩尾巴說：
「那是什麼表情嘛。」
「怎樣的表情？」
昌浩一頭霧水，好像真的不知道它在說什麼。
小怪聳聳肩，用尾巴拍拍昌浩的肩膀說：
「你該去工作了吧？」
「嗯。」
「還要向成親、吉昌報告，你已經送晴明走了。」
昌浩點點頭，忽然想起其他事。
昨天成親好像哪裡不舒服。
昌親的女兒的狀況也令人擔心。
剛才察覺的事，說不定也都跟成親和姪女有關。
昌浩遙望吉野的方向，瞇起了眼睛。
「我還是……」
「嗯？」
「我還是拜託太陰，偶爾去吉野一趟吧？」

小怪張大了眼睛，一面用尾巴拍著昌浩的背，一面笑著說隨你高興。

昌浩哭喪著臉，把小怪從肩膀拖下來。

◊　◊　◊

高燒後的第七天，梓微微張開了眼睛。

滿臉憔悴的父母，閉著眼睛，陪在她身邊。

呸鏘。

水滴濺起。

眼神茫然失焦的梓，緩緩地爬起來，只穿著單衣走出了房間。

昌親感覺有冷風吹進來，猛然張開眼睛。

床是空的。

他讓疲憊的妻子躺下來，環視室內。看到通往外廊的門開著，急忙向外走。

看到只穿著單衣的女兒，打著赤腳搖搖晃晃走向水池，昌親大驚失色。

「梓……」

嘶啞的叫聲從嘴巴溢出來。昌親打著赤腳衝到庭院，向女兒伸出手時，肩膀顫抖起來。

有東西站在水池的水面上。

呸鏘。

水波蕩漾，濺起水滴。水從水池溢出來，弄溼了庭院。

水滴飛濺。

水落在搖搖晃晃前進的梓的腳上。

呸鏘。

站在水面上的異形，有人的臉和牛的身體。

那張像人工做出來的臉，用不帶感情的眼睛盯著梓。

異形看見了昌親。四目交會。昌親像被咒語困住，身體動彈不得。他發現有黑影從異形身上，不，是從異形佇立的水池底部，發出黏嘰嘰的聲響往上爬。

呸鏘。呸鏘。呸鏘。

水滴濺起。異形的腳下波浪起伏，濺起的水滴敲落水面，蠕動的黑影爬出了水池外。走到水池邊的梓，毫不猶豫地繼續往前走。

「梓！……」

昌親使出全力突破咒縛，伸出了手。就要抓住女兒的手時，從水裡爬出來的黑影纏住了他的手。

黑影在肌膚上爬行，從手腕爬過手肘、爬過手臂。

昌親覺得全身逐漸虛脫，沒多久就膝蓋彎曲，倒地不起了。

「什麼……」

黑影釋放出可怕的波動，纏繞過手腕的感覺久久不散。

梓走在水面上，沒有沉下去。昌親硬撐起脖子，定睛仔細看，發現是黑影纏繞在梓的腳上，把她往上推。

黑影緊緊纏住女兒白皙的腳，爬到單衣下襬，如蹂躪白布般繼續往上爬。

異形瞥昌親一眼。

不帶一絲感情的冰冷眼睛，似乎在眨眼之間，浮現了短暫的冷笑。妖魔動起嘴巴，吐出了什麼話，但昌親聽不見。

黑影把梓整個包住了，黏嘰嘰的東西越來越多。

異形突然沉入水池裡，引發一股衝擊，水和黑色東西爆裂，四處飛濺。

「梓！……」

在黑色東西散落中，拚命爬到水池的昌親，茫然地看著底部脫落的水池，裡面空空盪盪。

「件……」

有牛的身體、人的臉，是被稱為件的異形。

那個龐大的身體，和女兒嬌小的身體，都瞬間消失了。

心臟撲通撲通狂跳。

他猛然想起前幾天自己告訴弟弟的話。

——小心點，你出現了失物之相。

昌浩將會失去與自己相關的東西。

敏次說看見像花的東西。水滴淌落花上。

呸鏘。

水聲響起，重複不斷。

還有花。六天前掉落水池的球，上面繡著種種的花。

發麻的右手腕，還殘留著被黑影纏繞過的感覺。昌親握住右手腕，全身發抖。

好可怕的波動。宛如會奪走所有生氣，把人拖進無底深淵的黑暗裡，令人毛骨悚然。

但昌親發現，還有更令人震撼的事。

那個黑色東西釋放出來的力量，充斥著令人恐懼的邪惡氣息，而那股氣息卻酷似他熟悉的某人的氣息。

「一定是……哪裡搞錯了……」

心臟撲通撲通狂跳。

絕對不可能。只是事出突然，太過驚慌，產生了錯覺。

昌親用力握住手腕，不成聲地呻吟著。

會吸光生氣的黑影，釋放著妖氣。

那股妖氣為什麼這麼像祖父的靈氣呢——

7

「那麼，我要走了。」

剛要站起來的成親，又改變主意，跪坐下來。

「妳的臉色很差呢，不要太勞累了，想躺下來就要躺下來。」

成親擺出生氣的可怕表情，臉色發白沒什麼血色的篤子苦笑起來。

「不用你說我也會那麼做。好了，你會遲到，快走吧。」

「我走了……」

平常篤子會送很不想工作的丈夫到寢殿的渡殿，最近身體不舒服，都只在主屋送他。

替她把父親送到車庫的孩子們，完成任務就跑回來了。

「母親，父親出門了。」

長子國成規規矩矩地跪坐著報告完後，換次子忠基目光閃閃地接著說：

「他乖乖走向皇宮了。」

「今天忠基送到了門外呢。」

聽到國成這麼說，篤子微微張大了眼睛。

這時候，穿著衵衣①的女兒來了。

「哥哥們好過分，丟下我不管。」

今年七歲的獨生女兒，哭喪著臉控訴。

「昨天我跟他們說，今天我也要送父親啊。」

國成與忠基相對而視。沒錯，昨天好像說過這件事。可是，到了父親出門的時間，妹妹還沒起床。

篤子把雙手伸向女兒說：

「過來。」

「母親。」

女兒緊緊摟住篤子的膝蓋，篤子抱住她，溫柔地拍著她的背安撫她，微笑著說：

「等父親回來的時候，妳可以去迎接他啊，今天這個任務就交給妳了。」

「真的嗎？」

含著淚水的女兒，表情頓時亮了起來。

「妳會吧？瑛子。」

「會。」

瑛子滿面笑容地回應，篤子撫摸著她的頭髮時，突然一陣噁心，摀住了嘴巴。孩子們看到她臉色發白還冒著冷汗，都十分不安。

過了一會，噁心的感覺才和緩下來。篤子喘口氣，察覺孩子們的視線，狼狽地笑了起來。

「母親，您不舒服嗎？要不要叫真砂去請藥師來？」

國成提起資深侍女的名字，篤子拉住他說：

「不用，沒有必要……這件事還不能告訴父親哦。」

看到母親摸著肚子，把食指按在嘴巴上，國成起初覺得很奇怪，後來好像猜到什麼，啊的叫了起來，然後目光閃閃地說：

「不能說嗎？我知道了。」

「咦？哥哥，為什麼呢？母親身體不舒服，當然要告訴父親啊。」

「母親生病了嗎？」

長子已經察覺，但次子與長女都不知道怎麼回事，滿臉憂愁。

「不用擔心……不過，還是叫真砂來吧，我想躺一下。」

以前夢見懷第四個孩子時，成親很不高興，好幾天都沒跟她說話。

成親可能認為三個孩子就夠了，知道這件事可能不會開心。

她正思考著該怎麼告訴成親，就碰上要送成親的祖父去吉野靜養的事，只好先準備這件事。

祖父四天前從京城出發了，山莊的管家應該會在今天通報晴明到達的消息。決定送祖父去吉野靜養的那天，就派使者快馬加鞭去山莊通知大約的到達日期了。使者到達後，會先住在那裡，等晴明進入山莊安頓下來，再回來通報。

篤子知道，成親看起來毫不在意，其實很關心祖父。所以她打算等使者回來，馬上讓他去陰陽寮通報。

除了成親外，成親的父親、弟弟們，也一定都很擔心。

覺得越來越不舒服的篤子，沒等侍女來就先躺下來了。她對滿臉不安的忠基和瑛子說不用擔心。

很擔心母親的忠基，怕待在旁邊反而會讓母親更累，牽起不肯離開的妹妹的手，帶她離開了主屋。忠基心思細膩；瑛子十分乖巧；國成很像丈夫，設想周到、反應靈敏，三個都是好孩子。

篤子希望肚子裡的這個孩子也一樣，她把手放在肚子上，閉上了眼睛。

「對了……」

五天前聽說昌親的女兒發高燒昏迷不醒，不知道復元了沒有？等丈夫回來後，不露痕跡地問問他吧。

呸鏘。

不知道從哪傳來了水聲。

昏昏欲睡的篤子，恍惚地聽著水聲。

呸鏘。

是哪裡在漏水嗎？

她想起來確認，眼皮卻重得張不開。

剛才閉著眼睛還能感覺到光線，現在突然變漆黑了。

同時，放在肚子上的手也逐漸冰冷。有東西纏住了她的手，身體的力量宛如從那裡被吸走了。

好冷。身體好重。聲音出不來。快來人啊。

意識逐漸模糊了。千萬不能睡著啊。

她拚命保住快溜走的意識，耳邊突然響起趴躂趴躂的腳步聲。

「糟糕、糟糕，忘了帶今天講課要用的資料。」

是剛出門的丈夫的聲音。

篤子放心了，心想太好了，這樣就沒事了。

會忘記東西，表示他的心沒有繃得太緊。

篤子想這麼告訴他，卻連出聲的力氣都沒有。

「昨天我整理好的文件哪去了……篤子？」

成親跑回來拿的文件，上面記載著要給提問的陰陽生的答案，以及引用資料的一覽表。他發現躺在床上的篤子，樣子不太對勁。

他匆匆忙忙跑回來，篤子卻動也不動。起初，他以為篤子睡著了，後來發現不太像。

篤子放在肚子上的手，纏繞著黏稠的黑影。

閉著眼睛的篤子，皮膚蒼白得像張白紙，眉間浮現痛楚的神情，呼吸微弱，身體動也不動，顯然不只是睡著而已。

成親的眼神驟變，立即結起刀印，但還沒完成，黑影就從篤子手上溜走，瞬間消失了。

懊惱咂舌的成親，衝向篤子，把她抱起來。

「篤子、篤子！快醒醒啊！」

搖她也沒反應。

成親摸到她剛才被黑影纏繞的手，身體的熱度就被妖氣的殘渣吸走了，令他全身戰慄。

周遭殘留的妖氣，逐漸淡去，但成親覺得那股波動很熟悉。

心臟撲通撲通狂跳。

不可能，一定是搞錯了。

成親甩甩頭，觸摸篤子的脖子，發現她脈搏微弱。

大驚失色的成親，緊張地大叫：

「真砂！有沒有誰在？快去請藥師來！快！」

國成聽見應該不在家的父親的叫聲，慌忙衝進主屋。

明明已經出門的父親，手上抱著母親。

國成從來沒看過父親這麼慌張的樣子。可能是因為這樣，他原本想說母親只是在睡覺，卻怎麼也發不出聲音來。

進入皇宮的昌浩，走向那棵梅花樹。

五天的約定，在昨天早上結束了，但他想來就來了。

不只櫻花樹會染上魔性，所有樹木都有這樣的可能性。

皇宮裡的樹木，都有專人細心照顧。但京城彌漫著人們的不安，很難說黑影不會在什麼時候出現。

昌浩想盡可能為樹木祈福，讓樹木充滿活力。他也想為南殿的櫻花樹和橘樹這麼做，無奈他的身分是地下人②，不能進入皇上的寢宮。

「皇宮裡的樹全都有了活力，就會傳遞給寢宮裡的樹吧？」

對著梅花樹拍手祈福的昌浩，喃喃嘀咕著，跟他來的小怪仰望天空說：

「嗯，可能有做會比沒做好吧。」

「樹木有了活力，皇上和皇后的身體也會好起來吧？」

「啊，有此一說。」

植物對住在當地的人，有很大的影響。皇宮裡種這麼多樹，是為了感受季節的變化，也是為了借用樹木具有的力量保護住在裡面的人們。

「有樹最好，希望樹都能充滿活力，我家庭院的樹都很有活力呢。」

「那裡有晴明的結界，天空偶爾也會下來看看狀況。」

「咦，是這樣嗎？天空做很多事呢。」

統帥十二神將的老將，雖然沒有戰術，但給人多才多藝的感覺。

在工作鐘聲響起前進入陰陽部的昌浩，跟已經坐在位子上工作、準備講義的敏次打招呼。

「早安，敏次大人。」

五天前因為身體不舒服而被送去典藥寮的敏次，那之後發高燒，請了四天病假。他咳得太厲害，很可能把感冒傳染給寮官們，所以被強迫在家療養，直到身體復元。

終於痊癒的敏次，臉頰有點凹陷。

「啊，早安，昌浩大人，今後要請你繼續指教了。」

「你好了嗎？」

「託你的福，完全復元了。真糟糕……」敏次把手按在後脖子上，愁眉苦臉地說：

「每幾年得一次這樣的重感冒，會不會成為慣性了？枉費我一直很小心。」

他應該是指四年前也得過這麼嚴重的感冒吧？昌浩安慰他說：

「一定是你太勞累了，我祖父常說，凡事適度就好。」

「是嗎？既然晴明大人這麼說，一定沒錯。」敏次笑了起來，望向貼在牆上的當月曆表說：「晴明大人是四天前出發的吧？」

「是的，他如果累了，可以使出絕招，所以前天或昨天應該到吉野了。」

晴明的絕招就是十二神將，所有人都知道有追隨大陰陽師安倍晴明的式神。

敏次眨眨眼睛，微微笑著說沒錯。

他心想八成是沒有人類同行，而是非人類的式神陪他去了吉野吧？旁人會以為是老人獨自旅行，其實並不是。

在他們交談時，響起了工作鐘聲。

今天大早要上課，所以昌浩慌忙把書、硯台盒準備好。

跟敏次趕到教室時，其他陰陽生都就位了，卻不見成親的身影，也不在陰陽部的博士位子上。

「他遲到了？真難得呢。」

昌浩表示驚訝，敏次回他說：

「沒錯，我記得他擔任陰陽博士後，從來沒有遲到過。」

臨時有事或身體不舒服時，他都會從參議家派人來通報。

「到目前為止，還沒收到這樣的通知，到底怎麼了？」

昌浩浮現不祥的預感。

從五天前，成親的樣子就不太對勁。他的表情有點呆滯，空閒時臉上經常露出苦惱的神色。

祖父的事已經解決了，所以他應該有那之外的心事。

因為博士不在，陰陽生們喧嘩起來，敏次介入他們，精明地指揮他們自習。他現在已經有足夠的素養和威嚴了，將來絕對可以爬上陰陽師的位置。

當上陰陽師後，接著就是成為陰陽博士，或爬上更高的位置。昌浩認為敏次一定做得到。

昌浩要坐下來時，伯父吉平走進了教室。

「昌浩，來一下。」

吉平擔任陰陽助，在陰陽寮是第二高位，跟政治也有很深的關係。

伯父臉色蒼白，看起來就快昏倒了。

跟著伯父走出教室來到渡殿的昌浩，心臟開始狂跳。他有不祥的預感，非常不祥的預感。

吉平確定四下無人，才抬起頭看著比自己高的侄子，苦惱地說：

「剛才參議府派人來了。」

參議府就是成親的岳父的府邸。

「哥哥怎麼了？」

是來通知遲到的理由嗎？如果是，吉平的表情未免太過緊張了。

「成親今天請假，他太太生病了。」

「大嫂生病了？」

隱形的勾陣現身，小怪從她肩膀跳下來。

「吉平，出什麼事了？」

這麼問的是勾陣，她認識吉平太久了，知道吉平不可能光為成親的事急成這樣。

吉平看到神將的臉，表情就糾結起來了。硬撐到現在的意志力，在看到從小熟悉的臉龐時，瞬間崩潰了。

「是我父親……」站不穩腳步的吉平，雙手緊緊抓住欄杆撐住身體，用力擠出聲音說：「剛才我收到吉野山莊來的通報……說我父親沒到……下落不明！……」

昌浩的胸口怦然震顫起來。

他聽不懂伯父在說什麼。

「咦？……」

連眨好幾次眼睛後，他在腦中重複思考吉平說的話。

誰下落不明？是吉平伯父的父親。那就是昌浩的祖父。

四天前，是昌浩送走了祖父。他穿過羅城門，送祖父到他能送的地方。

晴明頻頻回頭看他，對著他笑。

吉野雖遠，但比起伊勢、播磨，距離並不算長。昌浩卯起來走的話，八個時辰就走到了。

晴明年紀大了，可能要花更多時間。說不定他去了哪間旅館，住了一個晚上。怎麼樣都走不動時，大可靠太陰的風前進。任誰都知道，有神將們在，不管發生什麼事，晴明都不可能在前往吉野的路上發生危險。

所以昌浩說：

「呃……大嫂的病情怎麼樣了？哥哥今天請假啊？那麼，工作結束後，我去看看吧……」

「昌浩。」

小怪叫他，但他還是繼續說。

「還有昌親哥哥家的小千金，還沒復元嗎？我想早點去看她呢。」

「昌浩。」

這次換勾陣叫他，但他甩個頭又說：

「中午有空的話，我去問昌親哥哥，如果她好一點了……」

「昌浩。」

第三次叫他的是小怪。昌浩不看他們，握緊了拳頭。

「爺爺去吉野了。是我送他走的，有那麼多人陪著他，不會有事的。他只是晚點到而已，你們都擔心過度了。」

滿臉皺紋的爺爺，笑著說我很快就回來了。

發現爺爺的皺紋比自己記憶中增加很多，昌浩一陣心酸，但沒告訴任何人。他想爺

爺去吉野，放鬆心情，應該可以過著更悠閒的生活。聽說爺爺臥病在床的次數越來越多，所以他希望爺爺可以忘掉憂煩，好好靜養。

他們隨時可以見面，因為有玄武的水鏡，還可以拜託太陰飛去吉野。雖然不太想搭乘太陰的風，但這種小事還可以忍耐。

吉平抓住眼神飄忽不定、猛眨著眼睛的昌浩的肩膀說：

「昌浩，我要你去吉野。」

聽到意料之外的話，昌浩才轉向伯父。

「咦？……」

「剛才我跟吉昌討論，決定派你去。可能是去吉野途中，發生了什麼事。」

占卜也呈現這樣的卦象。這是他們兩兄弟第一次為家人占卜，而且對象又是晴明，所以他們確認過很多次到底正不正確。

他們也頑固地問過使者很多次，會不會搞錯了？可是使者說，因為怎麼等都等不到晴明，他就反過來從吉野走到京城，找遍所有晴明可能落腳的地方。

去山莊的路只有一條，也想不出有什麼理由要偏離那條路。晴明不可能不顧慮家人的擔憂，真發生了什麼事，他應該會請神將們回來通報，或放「式」來通報。

但神將沒來，式也沒來。他們也沒去找其他人。

從山莊回到參議府的使者，看到被稱為大千金的成親的妻子突然生病，府內亂成一團，大吃一驚。他不禁詛咒自己，竟然還要在這種時候傳達壞消息。

昌浩注視著伯父。臉色蒼白的伯父，不像在演戲，也不像在耍昌浩，因為他沒理由這麼做。但昌浩希望是那樣，也寧可相信是那樣。

「我要你沿著我父親可能走過的路，尋找他的下落。使者說他找過了，但他可能漏掉了什麼地方。」

也有可能是途中遇上什麼事，陷入類似「神隱」的狀態。這樣的話，一般人就找不到他。

「我已經取得陰陽頭的許可。我父親下落不明的事，沒有對外公開。」

山莊的主人是參議，所以吉平也想過，應該讓成親去才符合禮俗。但成親的妻子突然生病了，不能叫他去。

「我要你盡快出發，現在就可以走了，我會幫你辦好手續。」

昌浩被吉平催命似的氣勢壓倒，點了點頭。

「勾陣，昌浩拜託你們了。」

向熟識的神將深深一鞠躬的吉平，也向小怪默默行了個禮，他也很怕小怪的原貌騰蛇。

他向昌浩點點頭，快步離開，走向了陰陽部。應該是趕去報告陰陽博士請假的事，還有臨時決定派昌浩出差的事。

昌浩茫然目送吉平離去，勾陣拍拍他的背說：

「昌浩，該走了。」

「哦，嗯……我要走了，等一下。」

心臟還撲通撲通狂跳不停，他覺得呼吸困難，沒辦法平靜下來。

做了好幾次深呼吸，身體才動了起來。

他不太記得自己是怎麼回到家的。

待在廚房的露樹，聽昌浩說有急事要去吉野，驚訝地張大了眼睛。

「時間很趕，所以出門時就不跟您道別了。」

露樹看到昌浩臉色蒼白的模樣，知道發生了非比尋常的大事。

「路上小心。」

可能也沒心情讓人送他吧？露樹這麼想，浮現複雜的表情，注視著對她點點頭就跑走的兒子的背影。

昌浩衝進房間，立刻摘掉烏紗帽、解開髮髻。

大白天披頭散髮走在大街上，會被說成沒常識，但在緊急關頭，烏紗帽會妨礙行動。

只要出了京城，就沒人會看見了。對了，搭車之輔到京城外，就不會被人攔住盤問了。

邊想著這些事邊換衣服、套上護腿、穿上足袋的昌浩，突然聽見叫喊聲。

「喂！——」

他抬起頭，目光嚴厲地站起來，心想我現在可沒心情理你們。

他打開板門要大叫走開，就看到小妖們在牆外蹦蹦跳，對他招手大叫：

「不好啦！昌親不好啦！」

「你們……」

昌浩大叫到一半就停下來了。

「什麼？」

沒想到會聽到這種話，昌浩啞然失言。小妖們在牆外邊跳邊說：

「是昌親叫我們來的！叫我們來傳話！他沒辦法動，所以叫我們替他來找你！」

小妖們邊蹦蹦跳，邊一個字一個字拚命傳話。昌浩瞪大眼睛注視著它們，小怪用尾巴拍拍他說：

「振作點啊，昌浩。」

昌浩回過神來，思考了一下。

「先去哥哥那裡，再去吉野。」

把想法說出來，是想說給自己聽。
小怪點個頭，勾陣就抓住了昌浩手臂說：
「走吧。」
昌浩一抓起放在外廊的草鞋，勾陣就跳起來了。小怪也慢半拍，跟在他們後面。
勾陣在鱗次櫛比的屋頂上，飛行般跳躍。昌浩的腳幾乎沒碰到屋頂，都是靠神將的神腳前進。走在大路、小路上的京城人們，不太可能抬頭往上看，所以沒人看到昌浩。
在昌親家前面降落時，昌浩已經氣喘吁吁。勾陣面不改色，小怪也是。
昌浩隨便趿著草鞋，鑽過大門。
「對不起，我是昌浩，有誰在嗎？」
大叫一聲，就有個老人從裡面走出來了。是個資深的老雜役，看他的臉色好像隨時會昏倒。他見到昌浩，整張臉就揪起來了。
「啊，您終於來了，大人正在等您，快請進。」
他說的大人，就是昌親。昌浩在雜役的帶領下，走進屋內。
昌親躺在對屋的主屋裡，臉色蒼白的二嫂跪坐在他旁邊，看到昌浩進來，她就用袖子按著眼角說：

「昌浩大人……請救救昌親和小女……」

「咦？……」

二嫂按著胸口，呼吸急促。躺著的昌親對她說沒事了，催她離開。她忍不住淚眼汪汪，壓抑嗚咽聲，跟雜役老人一起離開了對屋。

「哥哥，怎麼回事？」

二嫂提到的小女，是他們的獨生女兒。

「今天早上，我女兒被拖進了水池裡。」

哥哥這句話，昌浩聽得目瞪口呆。接下來的話，更震撼了昌浩。

「水池的水面上，站著一個妖怪，看起來像是被那妖怪拖進去的。」

「妖怪？」

臉色蒼白到毫無血色的昌親點點頭說：

「有牛的身體、人的臉……我想是件。」

件。

昌浩的心臟宛如被狠狠踹了一腳。

那個妖怪非常邪惡，它宣告的預言會束縛、扭曲人心，攪亂人的命運。

「件……說了什麼？」

昌浩戰戰兢兢地問，昌親緩緩地搖搖頭。昌浩才剛鬆口氣，聽到哥哥勉強擠出來的話，又屏住了呼吸。

「不知道……我沒聽見。」

昌浩抓住膝蓋的手，用力到手指發白。

「求求你，昌浩，救救我女兒、救救梓……」

昌浩微微瞪大了眼睛。依照慣例，女兒的名字只能讓家人和丈夫知道。昌親和成親提到女兒時，都只會說我女兒或小千金、小女，從來沒說過名字。所以昌親一定是無意識地說出了名字，因為已經被逼到絕境，顧不到那種事了。

昌浩點點頭站起來。

「水池嗎？」

機靈的小怪，不知道何時幫他把放在中門③的草鞋拎來了。

他們從對屋走下庭院。水池在庭院的一角。

比安倍家小的水池，底部脫落了。原本滿滿的水，都從脫落的底部缺口流光了。

昌浩單膝跪在環繞水池一圈的石頭上，觸探周遭還微微殘留的妖氣。指尖碰到石頭，就捕捉到微弱的妖氣了。

昌浩眨了眨眼睛，覺得精氣好像從觸摸的指尖流失了。

「這……」

難道是那個黑影？

這麼一想，他趕緊屏氣凝神仔細觀察四周，發現庭院的樹木都變了顏色，開始枯萎了。

昌浩倒抽了一口氣。

水池附近種著特別醒目的樺樹。這種樹活得很長，又稱為梓，會在夏初發新芽、開花。姪女的名字，說不定就是取自這棵樹。

但壯碩的樺樹，已經從樹枝尖端開始枯萎了。樹幹還活著，但給人十分疲憊的印象。樹皮乾澀，稍微剝落，很像櫻花的樹皮。

昌浩驚覺，樺樹開花了，而姪女不見了。

難道失物是指這個？

「昌浩！」

環視周遭的小怪，突然發出尖銳的叫聲。

從水池底部湧出黏稠的黑影，瞬間溢出了水池外。

「唔哇！……」

黑影吞噬了昌浩的腳。那是擁有實體的邪念的凝聚體。生氣從碰觸到黑影的地方逐漸流失，冰冷的感覺從肌膚往上攀爬。頭暈搖晃的昌浩，不由得伸出左手抵在石頭上。

黏稠的東西吞噬了那隻手。從左手腕爬上手臂的黑影，慢慢吸走了生氣。

勾陣抓住昌浩的手，試圖從那裡跳開。小怪全身也冒出深紅色的鬥氣。

但他們兩人都猛然張大眼睛愣住了。

「什麼?!……」

低沉的叫聲傳入昌浩耳裡，他反射性地轉過視線，看到小怪一臉驚愕。

「怎麼可能……」

黑影。黏稠的邪念凝聚體。釋放著可怕的邪氣。

那股邪氣為什麼會酷似神將們非常熟悉、親近的靈氣呢？

啞然失言的兩人，視線被吸向了水池底部。

昌浩的視線也被吸向那裡。

噴出邪念的底部，浮出白色的東西。

是人的臉。不帶感情，像人工做出來的臉。那張臉頂在毛茸茸的脖子上，從黏稠的邪念中冒出來。

昌浩知道那是什麼。

「件！……」

霎時，劇烈噴出黏稠的邪念漩渦，把昌浩他們全都捲進去了。

小怪的陰陽講座

①穿在內衣與外衣之間的衣服。

②不能上清涼殿的六位以下官職，或一般庶民。

③大門與寢殿之間的門。

8

◇　◇　◇

太陽快下山了。

同袍說到了吉野就會送來風的訊息，卻遲遲沒送來，到底怎麼了？

總不會是一時興起，沒有直接去吉野，繞到哪裡去了吧？這個可能性很高，因為那個主人從以前就喜歡隨興採取行動。

六合不禁擔心，同袍們會不會被整慘了。

在竹三条宮的屋頂上遙望遠處的六合，看見小妖們慌慌張張地跳來跳去。

小妖們看見站在屋頂上的神將，就啪答啪答揮起手來。

六合詫異地跳向小妖們。

走到外廊的脩子，仰望著天空。

傍晚了。陰曆二月就快結束了。

「晴明已經到吉野了吧？」
脩子喃喃自語，隨侍在側的藤花微微笑著說：
「聽說晴明大人是在四天前出發的，所以前天應該到吉野了。等他安頓下來，應該會來通報吧。」
「對啊，可能還在忙，所以沒有空通報……吉野的櫻花已經開了吧？」
放在床邊雙層櫃子上的櫻花，一朵接一朵凋謝了。
起初只是花蕾的櫻花，逐漸綻放，但也逐漸凋落。凋落的花掉在烏亮的黑漆上，形成令人驚豔的圖畫。
然而，那樣放著，花瓣會漸漸變成茶褐色。
脩子把凋落的花瓣收集起來，打算做成押花。
她依照綻放時的模樣，把花瓣排列在厚厚的和紙上。再把幾乎透明的薄紙往上黏，用十多本書壓在上面。
剛剛她才請藤花幫忙，完成了那些步驟。如果做起來很漂亮，她想送給父親和弟妹，所以做了很多張。
「要不要多壓一點書呢？壓住的重量不夠，就做不出漂亮的押花。」
「那麼，等一下我再多加點重量。」

藤花微微笑著，脩子也嫣然一笑說：

「我好期待完成的押花呢。對了，也送給晴明吧。」

他待在吉野大概很無聊，跟書一起送去給他，生活一定會更有意義。

脩子覺得自己的想法太棒了，心情大好。

這時候風音進來了。

「公主，左大臣覲見。」

脩子的臉變得僵硬，藤花的臉也緊繃起來。

進入主屋，命人放下竹簾的脩子，在主座坐下來，藤花也陪在她旁邊。

沒多久，命婦帶著左大臣藤原道長進來了。

藤花看道長一眼，默默點頭致意。脩子倚靠憑几，拉長臉看著道長。

道長隔著竹簾坐在廂房，命婦坐在他旁邊。

他恭恭敬敬地俯首叩拜。

「公主玉體安康，臣不勝欣喜。」

這種固定用語，脩子聽過就算了。

這個舅公動不動就來覲見，每次都會帶昂貴的禮物來。

聽說今天的禮物是從唐朝進口的容器與異國布料。命婦剛才先代收了，說稍後再拿來給她。

命婦看著道長的眼神，並不友善，但還是恪遵禮法，以最高禮節待客。

「左大臣大人，您經常大駕光臨，關照公主，真是太感謝了……」命婦稍作停頓，淡淡一笑。「不過，您這麼常來，難免叫人猜疑是不是有什麼意圖。公主有我們盡心盡力在照顧，您是否考慮稍微避嫌呢？」

「看來我非常不受歡迎呢。」

命婦還是堆滿笑容，對苦笑的左大臣說：

「絕對沒這種事。我們只是希望，您可以把對我們的關心，分給住在飛香舍的皇子和公主。」

直言不諱的命婦，要左大臣多關照交由飛香舍的中宮撫養的敦康和媄子。

很想搖頭興嘆的左大臣，縮起了肩膀。

對他來說，在中宮身邊的年幼親王與內親王，是用來預防萬一的王牌。他對他們不但關心，也很照顧。不過，還有比那更重要的事，就是親生女兒中宮能不能生下孩子。

「他們兩個好嗎？」

脩子開口了。道長轉向內親王，臉上堆起了笑容。

「非常好，尤其是親王，還會流利地背漢詩給皇上聽。我聽中宮說，皇上非常欣慰呢。」

「哦……」

脩子淡淡一笑，想起正月才見過他，那時他也背了剛學會的漢詩。背得有點不順，他懊惱地說下次一定可以順暢地背到最後。

媄子也彈了琴，她說中宮稱讚過她。不過，說彈琴，也只是彈出斷斷續續的旋律而已。但她表演時開心、得意的模樣，真的好可愛、好甜美。

「對了，這是給這位侍女。」

道長從懷裡拿出卷軸。

跪坐的藤花，肩膀抖動了一下。

坐在廂房的命婦皺起了眉頭。

「承蒙您對竹三条宮所有人都如此用心，感激不盡。但次數太頻繁，侍女們也會覺得不好意思啊，左大臣大人。」

道長不理會她，把卷軸遞給主屋的藤花。

「不用跟我客氣。侍女，這是某位公子寫的信，從他優美的字跡，可以看出他老實、文雅的性格，妳看看。」

道長把卷軸放在隔開主屋與廂房的竹簾前面，催藤花拿起來看。

藤花猶豫不決，用視線徵詢命婦的意見。命婦臭著臉，邊嘆氣邊點頭。左大臣說的話，她總不能斷然拒絕吧？

但藤花緊緊交握放在膝上的雙手，又把視線轉向了身旁的風音和脩子。

「呃，我……」

「沒關係，拿起來看看吧。」

「可是……」

隔著竹簾，藤花與道長的視線交會了。道長的眼神告訴她，不准她抗拒。

藤花不得不伸手去拿卷軸，脩子對她說：

「給我看看。」

道長似乎有點為難，挑動了眉毛，但還是默默把卷軸交給了脩子。

風音走向前，稍微掀起竹簾，接過卷軸。藤花撫著胸口鬆了一口氣，看著脩子攤開從風音手中接過卷軸。

卷軸裡寫著歌，而且是追求愛情的歌。雖然隱藏得很好，但字裡行間蘊含著希望妳能接受這份情感的意味。

脩子把卷軸交還給風音，歪著頭說：

「字寫得不錯，不過，既然要寫歌，應該著重風流的雅趣吧？」

道長故作姿態地苦笑起來。

「好嚴厲的評價啊。」

「還特地做成卷軸，太誇張了。命婦，妳說是不是用花做結尾比較有情調，也比較能傳達心意呢？」

被點名的命婦歪著頭說：

「太陽快下山了，讓左大臣在天黑後離開就失禮了。」

「說得沒錯。」

「道長，風還很冷。在太陽下山前，趕牛車回東三条府吧。」

左大臣嘆口氣，深深俯首叩拜。

「承蒙關心，感恩不盡。」

脩子點點頭。道長不滿地瞥藤花一眼。藤花正向他叩頭道別，所以沒看到他的表情。

不過她猜也知道，道長用什麼眼神看著她。

道長退下，命婦送他出去。

他們一離開，脩子就喘口氣說：

「我要休息一下，藤花、雲居，你們也退下。」

回應的侍女們都退出去了。脩子確定四下無人，悄悄走出了外廊。

停在南庭樹上的烏鴉看到脩子，飛到欄杆上。

『怎麼了？內親王。』

「剛才道長來過……我不討厭他，可是他會讓我神經緊張。」

『哦。』

脩子把手伸向嵬，抱起了它的黑色身體。好溫暖。她不知道其他的烏鴉臭不臭，總之嵬沒有野獸的臭味。有時嵬還會跟她一起焚燒薰香，讓身體沾上跟衣服同樣的味道，顯得很滿足。脩子看到它高高興興向風音報告的模樣，就覺得心裡暖洋洋的。

道長正好相反。其實他並不會說什麼，也不會對她怎麼樣。真要說起來，算是對她非常關照。送禮雖不全是好意，但也沒什麼不好的企圖。

脩子搬進竹三条宮沒多久，左大臣就來拜見她了。起初一個月不見得有一次，後來次數越來越頻繁。

每次來都會帶東西給脩子，順便帶歌給藤花，每首歌的字跡都不一樣。

「嵬，道長為什麼每次都帶歌給藤花呢？」

烏鴉表情複雜，咕嚕咕嚕沉吟。它知道理由，但不能告訴脩子，所以沒辦法回答。

「因為藤花是晴明的親戚，所以他想加強跟晴明的關係嗎？」

讓藤花跟自己看中的人結婚，就能加深彼此關係。藤原家族的首領，非常需要安倍家的陰陽師。目前看來，他們之間的關係已經很足夠了，但道長也許想建立更堅固的羈絆吧。

被左大臣看上，跟不錯的貴公子結婚，對藤花來說也是件好事吧。道長帶來的歌，每封的字都寫得很漂亮，從遣詞用字、文中蘊含的意味，也可以看出性格不錯，感覺是那種謙和、老實的人。

不過，身分地位都不高。雖是殿上人，但官位都不高。

可能是藤花的身分不高，所以選擇與她相配的對象。

脩子抿住嘴巴，皺起眉頭。

每次左大臣來，把信交給藤花，命婦都很不高興。她總是提高警覺，預防藤花被親事迷惑，靠向左大臣。

而脩子更擔心那之外的事。結婚後，沒有意外的話，女人通常會走進家庭，所以她很擔心藤花會辭去侍女的工作，離開竹三条宮。

每次左大臣來，她的心情就往下沉，充滿不安。

脩子吐著與年紀不符的沉重大氣，被她摟在懷裡的嵬，為了安慰她，伸出一隻翅膀撫摸她的頭。

風音目送表情陰沉的藤花回房間後，確定四下無人，立刻爬上對屋的屋頂。

風的感覺不對。過中午時她就察覺了，但左大臣突然來訪，害她抽不開身。

夜的氣息彌漫，黑暗似乎比平時更濃。

「怎麼回事？」

她有非常不好的預感，焦躁湧現心頭，胸口鬱結。

把手擺在胸前的風音，摸到急速的心跳，聽見撲通撲通的聲音。感覺不像自己的心跳，而是某人的悸動。

這時候，六合出現了。

看到黃褐色的眼眸，風音才知道這個心跳的主人是誰。

「怎麼了？彩輝。」

六合臉上沒有表情，眼睛深處卻浮現焦躁。

「我接到通知，說晴明不見了。」

風音倒抽一口氣，又因為不同於剛才的理由，心臟怦怦狂跳起來。

聽說京城裡的小妖們，都在談論這件事。另外還聽說，安倍成親的妻子病倒了，昌親家也出現異狀，年幼的小千金不見了，昌浩趕去了昌親家。

六合淡淡說著這些事。風音撫摸著他的臉頰，平靜地說：

「這裡有我在，放心吧。」

「風音。」

「你走吧……你是安倍晴明的式神。」

主人有危險時，式神不論如何都要趕去保護主人。這五十多年來，神將們都是這麼做的。

風音帶著微笑說：

「我跟晴明第一次對峙時，你不也趕來了嗎？」

六合用銀槍的槍柄，擋開了風音砍過來的刀刃。當時，風音心想這個式神實在太可惡了。

六合微露含帶苦笑的笑容，默默點個頭。

轉身離去的六合的靈布翻騰。宛如從黑夜擷取的色彩，轉眼消失不見了。

◊ ◊ ◊

被全黑的黑暗吞噬的梓，害怕得昏過去了。

她蜷曲盤踞在漫無止境的漆黑中，動也不動，有人慢慢靠近她。

遠處響起水滴淌落的聲音。

似乎受到驚嚇，倒抽了一口氣的梓，眼皮微微顫動。

她的意識逐漸恢復，在黑暗中戰戰兢兢地張開眼睛，只轉動了眼珠子。

呼吸困難、喉嚨疼痛，自己的呼吸聲與心跳聲聽起來特別響亮。

忽然，她看見眼前有件白衣服。

到處都沒有光線，只有那片白色飄進了眼簾，梓茫然想著：

好像童話故事裡閃閃發光的衣服。

有冰冷的手指伸向她的嘴巴，是白皙、細長的手指。

她慢慢移動視線，看到有張臉正望著自己。

被又黑又長的頭髮框起來的臉，也是白得像雪。注視著梓的黑色眼眸十分深邃，似乎充滿哀愁，泛著淚光。

是個夢幻般的美少女。臉上還帶著稚氣，卻散發著非常成熟的氛圍，給人不協調的奇怪印象。

眼睛眨也不眨地看著梓的少女，淚水奪眶而出。

滴下來的淚珠，沾溼了梓的臉頰。

「對不起……」

少女喃喃說著，蜷曲著蹲下來。淚如泉湧，雙手掩面的少女，再也忍不住地嗚咽起來。

「對不起、對不起……」

一次又一次道歉的少女後面，出現了另一個身影。

「咲光映，別哭了，沒時間哭了。」

雖然話說得很冷酷，語氣卻很溫柔。

說話的少年，與少女的年紀相仿，長到背部的頭髮在後面紮成一束。

看起來比正月來家裡玩的國成大幾歲。國成也一樣，會把頭髮綁在脖子後面。他穿的是狩衣，這個少年也是同樣的裝扮。不過，少年的衣服看起來很舊，到處都磨破了。

「趁沒被發現，快趕路，走吧。」

被稱為咲光映的少女，回頭看著催促自己的少年，搖搖頭說：

「把這孩子送回去，不能把她留在這裡。」

「不行，這麼做會被發現。」

「屍，求求你。」

名字聽起來很可怕的少年，咬咬嘴唇，顯得很猶豫。

多麼冰冷的言靈啊，這麼想的梓縮起了身子。

被稱為屍的少年，甩甩頭，握起咲光映的手說：

「妳想這麼做，那就這麼做吧。」

淚水從咲光映的眼睛滑落下來，她含著淚轉身對梓說：

「對不起，把妳捲進來。我會送妳回去，放心吧。」
梓越過她的肩頭，看到屍的眼神十分冰冷。

◇　◇　◇

小怪在黑暗中張開了眼睛。
眼前是無限延伸的黑暗。
它爬起來，察看身體能不能動。沒事，全身都沒問題。
小心翼翼地站起來後，它發覺四周沒有任何動靜，只有它一個人。
同時被那股黑色邪念吞噬的昌浩、勾陣，都不見蹤影。
「……」
它努力維持鎮定，吐口氣，表情糾結。
被拖進黑暗裡，醒來時只剩自己一個人，令它想起討厭的往事。
小怪全身冒出了深紅色的鬥氣。轉眼間恢復本性的紅蓮，環視周遭。
體內響起了警鐘。

昌浩的夢。敏次看見的失物之相。消失的小女孩。黑暗中只有自己一人。

這是徵兆。即將發生什麼事。

它必須回到昌浩身旁。

「勾……」

有勾陣在。有勾陣跟昌浩在一起，跟當時在場的人不一樣，這次有自己、有勾陣、有昌浩。

然而，有什麼煽動著紅蓮的焦躁。是現場飄盪的邪念與妖氣。

碰觸到黑影，連神將的生氣都會被吸走。那是在櫻花樹周圍蠢動的死者的遺恨，沾染魔性，改變了模樣。

但不只是那些黑影。紅蓮之前對峙過的黑影，是漫無目標地發動攻擊，到處吸取生氣的存在。而剛才將他們吞噬拖進這裡的邪念，是跟件在一起，顯然有某然意圖。

吹起了風。

紅蓮打個冷顫，瞪視著逆風。

沉滯、悶熱、舔過肌膚般的風。

黑暗變得濃烈。

紅蓮察覺有黑影在黑暗中搖曳，張大了眼睛。

心跳怦然加速。種種光景閃過腦海。心臟宛如被踹了一腳，背脊一陣寒顫。

吹起了風。搖曳的黑影逐漸浮現人的輪廓。

紅蓮的眼睛閃過厲光，金色眼眸燃起火焰。

黑影搖晃逼近。

紅蓮用力握起右手，低聲嘶吼：

「快滾……」

從他的右手升起鮮紅的火焰。在火光照亮下，人影清楚浮現。

那個人的左胸有個窟窿，穿著破破爛爛、沾滿血跡的狩衣。紅色血滴從他虛弱下垂的手指啪答淌落。

他的眼睛渾濁、肌膚如白紙般慘白、半張的嘴唇冒著血泡、凌亂的總髮④被火焰的鬥氣吹起來。

散發著非活人氣息的榎岦齋，直視紅蓮嗤笑著。

小小的花片在他背後翩然飄落。

僅僅一片的花瓣，逐漸增加到數不清的數量。

如白雪般的花瓣，飄浮在黑暗中，狂亂地舞動著。

不覺中，現場變成無數樹木林立的花之森林。

花片掠過紅蓮的臉頰，產生微微的疼痛。是花片滑過，割傷了臉頰。

血滴沿著臉頰從下巴淌下來，花片碰到血滴就碎裂了。

岦齋細瞇著眼睛，望向呆呆佇立的紅蓮。

「……」

從他蠕動的嘴唇，發出吐氣般的微弱聲音。

「騰……蛇……」

嘶啞的叫喚聲如魔音傳腦般鑽入了耳朵。

紅蓮臉上的表情消失了。

昌浩在黑暗中張開了眼睛。

他猛然跳起來，趕緊確認四肢有沒有異狀。然後集中全副精神，邊觀察四周的動靜邊調整呼吸。

瞬間，視野搖晃起來。他勉強踩穩腳步，重新站好。

他看看自己的手掌。黑色邪念纏繞，剝奪生氣，因此引發了暈眩。

「勾陣、小怪……」

他呼喚跟自己一起被吞噬的神將們，在稍遠處有了回應。

勾陣走向昌浩，露出安心的表情說：

「太好了，我以為跟你走散了。」

昌浩才剛鬆口氣，又馬上繃起神經說：

「勾陣，小怪呢？」

她無言地搖搖頭，緊繃的表情看得出隱藏的焦躁。

昌浩也察覺了。跟當時的經過一樣，他跟小怪被拆散了。

他有不祥的預感，非常不祥的預感。

還有……

「梓呢？」

必須尋找跟他們一樣被邪念的凝聚體吞噬的姪女。

昌浩暫時把小怪的事拋到腦後，結起了手印。

跟姪女三年沒見了。她長大了，六歲了。不過，聽說她身體虛弱，食量又小，看起來只像四、五歲。

跟當時的脩子一樣。

昌浩閉上眼睛，全力唸誦咒文。

「諾波阿拉坦諾……」

撲通撲通的心跳聲，聽起來好吵，很難不緊張。胸口好沉重，感覺快被壓扁了。

勾陣望著昌浩的眼睛，閃爍著厲光。

明明是空無一物的黑暗，卻好像有東西黏膩地蠕動著。黑暗如波浪般逐漸壓縮空間，包圍了昌浩與勾陣。

從一開始，他們就被包圍了。

「——」

忽然，昌浩產生激烈的耳鳴。

耳朵深處響起彎翹變形的巨大聲音。視野變成整片紅色，世界的軸心彎曲搖晃。

勾陣看到昌浩搖晃傾斜，趕緊抓住他的手臂撐住他。昌浩倚靠著勾陣，站穩踉蹌的腳步。

耳鳴時強時弱，讓昌浩頭暈腦脹，紅色視野感覺好刺眼。

忍不住抱住頭的昌浩，眼底浮現從沒見過的少女與少年。

被少年揹著的大約五歲的小女孩，軟趴趴地趴在少年背上，垂下來的手隨著少年奔跑的韻律搖晃著。

少女抓著衣服下襬奔跑，少年回頭看她。少女搖搖頭，動動嘴唇，以唇形叫他放心。

少年表情糾結，伸出手抓住了少女。兩個身影蹣跚地向前跑。

少年把手伸向黑暗。

白色碎片翩然飄落。

是花。是櫻花。

黑暗被撬開，幾萬片花瓣如大雨傾瀉般漫天飛舞。

耳鳴更劇烈了，昌浩忍不住蜷曲著蹲下來。

有棵櫻花樹，少年和少女把小女孩放在那棵巨大的櫻花樹下。

少女望著大櫻花樹盛開的花朵，眼淚奪眶而出。

看著她的側面的少年，微微動著嘴唇。

昌浩的心跳怦然加速。

聽到少年說的話，少女掩住了臉。

櫻花飄落。花瓣飛舞。啊，多麼美麗。

多麼悲哀。

兩人拋下了躺在地上的小女孩。少年牽起少女的手，撬開了黑暗。

心跳、耳鳴太過劇烈，昌浩連呼吸都有困難。

他知道邪念在周遭蠢動，勾陣放出了鬥氣。

顫動喧嚷的黑色邪念，猛然捲起漩渦，大大膨脹起來。

「——風刃。」

那個聲音真的非常微弱。

但聲音產生的力道，已經足以把昌浩和勾陣困在原地。

邪念的漩渦迸裂，爆出強烈的衝擊與無數的刀刃。

勾陣的神氣築起了防護牆，但太遲了。

邪念的飛沫與風刃，把昌浩和勾陣割得遍體鱗傷，拋飛出去。

昌浩發出不成聲的叫喊，少年說的話在他耳邊靜靜地迴響繚繞。

我會保護妳，

不惜違背天意。

我會保護妳，

不惜破壞世界天理。

我會保護妳，
不惜粉碎未來。
我會保護妳，
不惜此身墮落為鬼。

小怪的陰陽講座

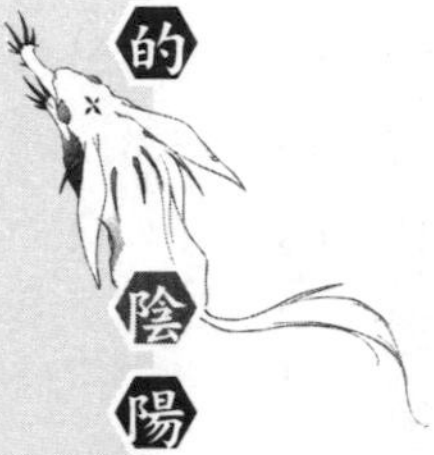

④沒有將額頭到頭頂中間的頭髮剃掉，留完整的頭髮，綁在後面的髮型。

9

◊　◊　◊

全力奔向吉野的六合，察覺空氣突然偏斜，停下了腳步。

嘶吼般的聲音在耳邊迴響。視野瞬間被染成紅色，與剛才完全不同的風景在眼前展開。

六合倒抽了一口氣。是某處產生了時空的裂縫。

不同的世界相接觸，有時會彼此交叉融合。那個地方與神將們生存的異世界不同、與死者前往的冥府不同，也與人類在睡眠中來來去去的夢殿不同。

這樣的異世界，在這個世界多不勝數，只是人類不知道而已。

傳來強行撬開空間的波動。

停下腳步的六合，集中精神觀察周遭狀況，沒多久視野逐漸恢復正常，耳鳴也停止了。

他感覺裂縫消失了，兩個世界接觸的時間似乎很短暫。

「……櫻花？……」

瞬間展開的光景，是飄落的櫻花。

他見過這棵櫻花樹。是清涼殿前那棵櫻花樹的母樹。前幾天，企圖使樹木沾染魔性的邪念，就是在這裡被晴明和昌浩淨化了。

六合猶豫了一會，決定先去那裡。

已經過了十多天，花朵還綻放著。超過滿開期的花朵，現在也如雪片般繼續飄落。

六合看見花瓣飄落堆積的樹根，躺著小小的身影。

穿著單衣的小女孩，是昌親的女兒。

「……」

驚訝的六合趕緊跑過去，抱起了梓。最糟的情形瞬間閃過腦海，幸好她的胸口還微弱地上下起伏，呈現規律的呼吸。

六合鬆了一口氣。他不知道被黑影吞噬的梓為什麼在這裡，不過，依他判斷，梓只是昏過去而已。

沒有被任何東西附身的跡象。

六合咬住嘴唇思索。他必須把梓送回昌親那裡。

雖然心繫吉野，但想到昌親不知道有多心痛，他就沒辦法置之不理。

他用靈布把全身冰冷、哆嗦顫抖的梓包起來，以盡量不弄痛她的姿勢抱著她，折回了京城。

◇　◇　◇

受到強烈衝擊的昌浩與勾陣，被遠遠拋飛出去。

兩人摔進黏稠的邪念裡，不斷往下沉。

全身都是撕裂傷，破破爛爛的衣服瞬間變得又紅又髒。

昌浩把手伸向勾陣。生氣從接觸到邪念的地方逐漸流失。這樣下去，遲早會動彈不得。

「嗡……阿比拉嗚坎……夏拉庫坦！」

連脖子都被黑影吞噬了，昌浩把意識朝向勾陣的手和她手中的筆架叉。

把靈力集中在刀尖。

「萬魔拱服！」

在完全沉沒前，他使出最後的力量大叫。

靈力迸發，推出勾陣的神氣，引發爆裂。企圖吞噬昌浩與勾陣的黑色邪念被炸開，像潮水般退去消失了。

昌浩喘著大氣，強撐著站起來。儘管站都站不穩，勾陣還是緊握著武器。

邪念退走了，但還充斥著妖氣。可見敵人就在附近，企圖再發動攻擊。

令人難以忍受的妖氣，火辣辣地扎刺著皮膚。

昌浩臉色發白，全身嚴重顫抖。

妖氣彌漫。

「……妖……氣……？」

邊發抖邊喃喃低語的昌浩，茫然地搖著頭。

看到昌浩這副模樣，勾陣大聲訓斥：

「振作點，昌浩！」

昌浩想說：「可是……」卻發不出聲音來。

可是，很奇怪。充斥周遭的力量波動，他非常熟悉。

不會的。不可能有這種事。因為他所熟悉的波動，絕對不是妖氣。

從遠處傳來怒吼般的風聲。

氣勢驚人的力量漩渦，轟轟震響，逐漸擴散。

昌浩清楚看見，黑暗被推開了。

恍如帷幕被掀開的黑暗前方，是一整面的櫻花，美得令人屏息。

昌浩茫然佇立。

正中央有個壯碩、可靠的背影。

火焰從他高舉的手中升起，深紅的火蛇在櫻花間穿梭狂舞。

如波浪拍岸般，從櫻花縫隙高高捲起的黑影，被火焰舔舐，冒起煙霧燒得精光，化成了灰燼。

把周圍的櫻花也捲進去的漩渦爆炸，灼熱的風打在昌浩的臉上。

昌浩和勾陣屏息注視著那個背影。

突然出現的花森林，全被地獄的業火燒光了。

黑暗擴散。

心臟撲通撲通狂跳。

這裡不是當時的黑暗，也沒有吹著黃泉之風，然而……

失物之相。花。

想起這些，昌浩不由得嘎答嘎答顫抖起來。發生了太多事，他的頭腦跟不上這些事的步調。

思緒一片混亂，他好想放聲大叫。

他朝紅蓮跨出一步，使出全力張開了嘴巴。

「……紅蓮……」

褐色肩膀微微顫抖，凌亂的頭髮隨風飄揚。纏繞手臂的絲絹被鬥氣充滿鼓漲，搖曳飄蕩，看起來特別鮮明。

偏頭往後看的紅蓮，目光冰冷，令人毛骨悚然。

昌浩不由得停下腳步，勾陣走到他前面。左手拿著武器的勾陣，放出威嚇的鬥氣。

紅蓮瞥一眼神情嚴厲的勾陣，皺起了眉頭。

「妳怎麼了？勾。」

勾陣身上到處都是傷痕，衣服也被血沾溼了。握著武器的手傷痕累累，滴滴答答血流不止。

「騰蛇……」勾陣發出嘶吼般的聲音，放下筆架叉說：「你沒瘋？」

「當然。」

紅蓮忿忿地回應，霍然轉過身去。

周遭都被燒光的那個地方，又爆開了灼熱的鬥氣。

但妖氣的凝聚體炸開，擊碎了那股鬥氣。

紅蓮和在他後面的昌浩、勾陣，都擋不住衝擊，被炸飛出去。

撞到樹幹的昌浩，哼哼呻吟，無力地癱坐下來。

產生腦震盪的昌浩，在半迷糊中，覺得不對勁。

樹幹。是樹木。什麼時候出現的？

剛才他後面明明沒有樹。周遭所有的樹木，都被紅蓮燒光了，現場應該是空空盪盪，只有無限延伸的黑暗。

受到嚴重撞擊倒地的勾陣，強撐著站起來。才剛抬起頭，又被妖氣擊中。

被難以忍受的壓迫感擊倒的勾陣，連氣都喘不過來，骨頭傾軋作響，更擴大了這之前被攻擊的傷勢，噴出新的鮮血。

勾陣手握筆架叉，全力爬起來。血從她額頭的傷口流下來，流進左眼，把視野染成一片紅色。只能張開一隻眼睛的她，愕然倒抽了一口氣。

「什麼……」

眼前是櫻花樹的森林，每根樹枝都開滿花朵，有幾萬、幾十萬朵。

所有的花都是大大綻放，所有的花都朝向了昌浩他們。

突然，兩個小小的身影從樹木縫隙間滾出來。其中一方為了保護另一方，緊緊抱住了對方。瞬間，來自樹林的正面強烈衝擊，把他們遠遠炸飛出去。

昌浩看著倒在地上的身影，屏住了氣息。

是剛才耳鳴時看到的兩個孩子。

保護著少女的少年，傷勢嚴重，沒辦法動了。拚命從他底下爬出來的少女，哭著大叫：

「屍、屍！對不起，我……」

少年靠手肘用力撐起身體，強擠出笑容說：

「我沒事……妳快逃，咲光映。」

「可是……」

看到追逐他們的黑影，從樹木縫隙衝出來，咲光映全身僵硬。抓著她的手的屍，慘叫般大叫：

「不要管我，妳快逃，他來了！……」

屍把她推開，使出全力站起來，攤開了雙手。

「……」

昌浩不敢相信自己看見的光景。

咲光映被推倒在地上，屍把她擋在背後。

有人正要朝他們兩人，射出如熱氣般捲起漩渦的神氣團。

那個人的藍髮飄揚，從壯碩的身軀冒出厚實強烈的神氣漩渦。清亮冷澈的藍色雙眸，浮現露骨的敵意。射向攤開雙手站立的少年的眼神，帶著稱得上殺意的剛烈。

昌浩從播磨回來後，只有他從來沒出現過。因為沒有必要。

不過，昌浩常聽見他的聲音。都是激動的怒罵聲。昌浩心想需要罵到這種程度嗎？反而對他感到欽佩。

「青……龍……」

起初，昌浩不知道這是自己茫然的低喃。

傳入耳裡的是自己的聲音，然後是咲光映的尖叫聲、青龍的怒吼聲。

「禁！——」

還有昌浩的吶喊聲。

反射動作結起的刀印，畫出五芒星，閃耀的光芒擋在青龍與屍之間。

花綻放著。在黑暗中。恍如才剛要開始。

櫻花樹茂密蒼鬱。無數的樹木。多不勝數。不知不覺中，昌浩他們被樹木包圍了。

剛才明明被燒光的樹木，在那裡繁茂地林立著。

許許多多的巨樹，挺直樹幹，伸展樹根，上面佈滿無數張小臉。

被邪念附著的樹木，吸取邪念，大大膨脹起來。

樹枝窸窸窣窣地搖晃，開心地顫動，要把昌浩他們逼入絕境。

遠處有棵更巨大的樹。佇立在樹下的身影，掠過昌浩的視野。

昌浩的眼眸應聲凝結了。

可以清楚看見，那個身影高舉著手，結起刀印，畫出了四縱五橫網。

感覺很遙遠，是因為昌浩的意識不清楚。

那棵巨樹聳立在離他們很近的地方，近到足以對他們造成壓迫感。

不但可以完全看見刀印的動作，還可以聽見非常微弱、不帶任何感情的簡短話語。

站在樹下那個人的臉，也絕對不會看錯。

「破碎——」

隨著咒文產生的四縱五橫網，輕易地擊碎了昌浩築起的五芒星保護牆。

風颼颼吹起。

數千、數萬的花朵，在黑夜中震顫起來，同時開始凋謝。

櫻花綻放。

多到數不清的樹木，全都是櫻花樹。

樹木分明是櫻花樹、花朵分明是櫻花。

飄舞凋落的花瓣，顏色卻不一樣。

大家熟悉的是，如同一小點的紅色落在白底上的淡粉紅色花朵。

然而，周遭一整片的樹木，數不清的樹枝上，滿滿綻放的燦爛花朵，卻都不是熟悉的顏色。

樹幹的形狀、樹皮、樹枝的模樣，都是櫻花樹，只有顏色不對。

在沒有光線的黑暗中，看似微微發亮的花瓣的顏色是淡紫色。

接著，強烈的風勢呼嘯而過，颳起飄舞的花瓣，使樹木顫抖、樹枝搖曳。

「不要！……」

紅蓮大叫。

淒厲的攻擊沒有間斷，彷彿在嘲笑那刺耳的叫聲。

五芒星與四縱五橫相互撞擊，產生爆裂，襲向了屍與咲光映。紅蓮及時滑入，抱起連慘叫都叫不成聲的兩人，疾速往後退。

「不要阻攔我，騰蛇！」

青龍大叫，雙眼的視線直直貫穿了咲光映。

紅蓮放開兩人，擋在青龍前面。

「我叫你讓開！」

毫不留情的攻擊撲向紅蓮。

迸發的衝擊波被紅蓮的神氣反彈回去。如狂風般的神氣漩渦，推倒周遭的櫻花樹，引起爆炸。

咲光映和屍被暴風吹飛。發出慘叫聲在地上翻滾的咲光映，撞上了樹幹。

「咲光映！」

連站起來的力氣都沒有的屍，爬向了咲光映。好不容易爬到她身旁，才掙扎著站起來。

「紅蓮！……」

勾陣抓住了昌浩的肩膀。

屍擋在咲光映的前面。

櫻花飛舞。

「把那兩個人交出來！」

青龍手上出現了大鐮刀。

響起風切聲的白刃，光亮奪目。

「你要做什麼！」

升起的深紅火焰，撞上迎面而來的攻擊，產生爆裂。

衝擊力席捲而來。

櫻花飛舞。

「……」

叫聲、怒吼聲震耳欲聾。大地轟隆一聲震動起來，絢麗綻放的櫻花宛如充滿了怒氣。

斜坡下陷，塵土飛揚。揮舞的刀刃放出鬥氣，劈向粗大的樹幹，巨樹啪哩啪哩應聲裂開。

漫天飛舞的花瓣，瘋狂地捲起漩渦，被橫掃而來的衝擊颳走。
響起美妙的清澄聲音，與現場氣氛全然不搭調。
那是小鈴鐺的樂聲。
狂風颯颯，吹起淡紫色的花。
展開的視野前，聳立著分外燦爛奪目的櫻花巨樹。
敵人站在樹根處。
昌浩的心撲通撲通狂跳。
敵人？誰？
那明明就是……
「把那兩個孩子交給我們，勾陣！」
鈴聲是揮舞著風矛的太陰，套在腳上的腳環的鈴鐺響起的清澄音色。
「太陰，妳幹什麼？」
「我不要聽！不要說任何話！」
太陰摀住耳朵，猛搖著頭，像是動了肝火。
「不要阻撓我們！」
全身是血，只能張開一隻眼睛的勾陣，強擠出聲音吶喊：

「太陰！」

「哇啊啊啊！」

風矛隨著叫喊聲飛撲過來。

勾陣舉起筆架叉，擊落風矛。鬥將的神氣與風矛相撞擊，衝擊力洶湧翻騰。

碎屑飛散，撒落在昌浩與屍他們身上。閉著眼睛，舉起手臂遮擋的昌浩，呆呆佇立在狂風般的衝擊中。

層層交疊的怒吼，被風吞噬，什麼都聽不見了。

心臟又撲通撲通狂跳。

忽然響起說話聲。

『——你將會喪命。』

在飛舞的花瓣前嗤笑的那張臉，令人無法撇開視線。

『你將會喪命，死於所愛的人之手。』

有人在吶喊；所有人都在吶喊。

『而你所愛的人，』

櫻花飛舞。

『也將會喪命，死於你之手——』

件嗤笑著。
宣告預言的件，定睛注視著昌浩，冷冷嗤笑著。
昌浩茫然看著件，還有站在件旁邊的人。
敵人？誰？
那明明就是……
「……爺爺。」
顫抖的聲音嘶啞，聽起來好無助，連昌浩自己都感到驚訝。
老人看著昌浩。
解開刀印的左手，撫摸著件的頭，做為讚賞。
佈滿皺紋的臉，沉靜地冷笑著。
紛飛飄落的花瓣，劃破了昌浩的臉頰。
不管他願不願意，輕微的疼痛都讓他不得不承認「這是現實」。
件躲進到樹後面。老人站在原地，緩緩張開了嘴。
「青龍、太陰。」
神將們的肩膀抖動一下。
「把屍和咲光映帶來。咲光映要活捉，屍不論死活。」

冰冷的語氣隨風散去。

晴明看昌浩一眼，又舉起左手結刀印。右手軟綿綿地下垂。

這是第一次看到祖父只用左手結印呢，昌浩愣愣地這麼想。

可能是思考麻痹，陷入了逃避現實的狀態。

受命於主人的青龍，正顏厲色地注視著紅蓮。被風纏繞的太陰，狠狠地瞪著受傷的勾陣。

兩人毫不猶豫。使盡全力的神氣包覆著他們，充斥著近似殺氣的強悍氣息。

勾陣頭也不回地把昌浩推向更後面。

「勾陣……」

「退後，昌浩，不然會被捲進來。」

這句話意味著太陰即將發動攻擊。

昌浩抬頭看著飄浮在半空中的太陰。

——吉野飛一下就到了，我接送你回京城也行。

那不是才幾天前的事嗎？

「快退後，昌浩，勾陣說得沒錯……你會受傷。」

「不只會受傷吧？」

勾陣低聲咒罵。太陰看著她，眼神冰冷。

「那就看妳願不願意全部承受了。」

太陰高舉過頭的雙手之間，應聲捲起風的白色漩渦。

飄落的櫻花被捲入太陰放射的風中，狂亂飛舞。

再也受不了的昌浩，猛然衝到勾陣前面。

「太陰，為什麼！」

「少囉唆！」

風矛隨著怒吼飛撲過來。

昌浩清楚看見她藍紫色的眼眸，劇烈地波動搖曳著。

「太……」

「昌浩！」

勾陣從後面抓住昌浩，把他往後拉，揮出筆架叉，把風砍成兩半。

被挖起來的沙土往上衝，把昌浩和勾陣也拋飛出去。

被壓在勾陣下面的昌浩，有種奇怪的感覺。

太奇怪了，好像哪裡不對。

昌浩在花與沙土飛揚的視野裡，拚命尋找那個身影。

找到了。

在碎裂的樹幹、被挖起來的沙土、狂舞的花裡，紅蓮與青龍對峙。都是青龍單方面發動攻擊，紅蓮只是一味地防禦。他搞不清楚青龍與太陰的意圖，所以不敢反擊。

昌浩也一樣困惑，搞不懂晴明的心意。祖父追那兩個孩子，到底想做什麼？

「勾陣，有點重耶……」

對大半天還不移開的勾陣抱怨的昌浩，看到她的模樣，張大了眼睛。

勾陣雙手掐著脖子，全身微微抽搐。仔細一看，無數的花瓣黏在她的脖子上，正要摧毀她的氣管。

想剝掉花瓣的勾陣，手拚命抓著薄薄的皮膚，但怎麼樣都剝不掉。

昌浩屏住氣息伸出去的手，受到尖銳的衝擊，被彈開了。

觸摸到花瓣的指尖裂開，滲出了血。

「妖氣……」

喃喃低語的昌浩，扭頭看著晴明。

站在櫻花樹下的安倍晴明，全身冒出白色火焰。

昌浩的心怦然狂跳。體內有某種東西產生了共鳴。白色火焰是雙面刃，會銷毀人類的靈魂。

「爺爺！……」

充斥黑暗的妖氣，陰森且淒厲，是晴明與生俱來的天狐的力量。

昌浩也具有同樣的力量。但晴明也很清楚，那股力量會削減壽命。

警鐘在體內急切震響。

扭頭一看，青龍正揮動大鐮刀，深深砍進了紅蓮的肩膀。

猛然拔出來的刀尖，紅色血滴四濺。緊接著，從貫穿紅蓮肩膀的傷口，噴出鮮紅的血霧，把淡紫色的花朵染得斑斑駁駁。

仔細一看，有好幾枚花瓣黏在紅蓮的褐色皮膚上。花瓣帶著白色火焰，一片一片地增加。

然後，那些黑影彷彿被花瓣吸引般，往花瓣聚集撲上去，逐漸把花瓣染成了黑色。

勾陣扭動身體，讓昌浩爬出來，用顫抖的手指向遠處。

指向沒有人的黑暗深處。

「咦……」

她微微張開的右眼，暗示昌浩快逃。

「可是……」

昌浩不由得環視周遭，視線停在晴明身上。

老人畫出了四縱五橫網。

「縛。」

簡短的言靈被拋入風中，四縱五橫的格子就困住了紅蓮的左手。瞬間不能動的手，軟綿綿地垂下來。

紅蓮用能動的那隻手，朝向地面放出火焰。青龍往後退，閃開舔舐地面的火焰。揚起了沙土，紅蓮趁隙蹬地躍起，降落在昌浩與勾陣附近，用右手抱起勾陣，催促昌浩：

「快走！」

即便是十二神將中最強與第二強的鬥將，敵方有可以封住神氣的陰陽師在，對他們來說還是相當不利。

昌浩咬緊牙關，擊掌拍手。

「碎！」

跟花瓣一起黏在勾陣脖子上的白色火焰四散。反射動作般猛吸一口氣的勾陣，劇烈地咳嗽起來。

「放開我，騰蛇。」

勾陣擠出嘶啞的聲音，甩開紅蓮的手，自己站起來。

紅蓮確定勾陣可以動了，又轉身瞪著青龍和太陰。

「快走。」

「紅蓮？」

昌浩臉色發白，疑惑地叫喚。紅蓮沒回頭看他，全身迸出了鬥氣。

「快帶著他們兩人離開，絕對不要交出他們。」

昌浩和勾陣注視著蜷曲蹲踞的咲光映和屍。

不知道為什麼，晴明在追這兩個孩子。神將們發動攻擊，就是為了帶走這兩個孩子。

黑色邪念逐漸逼近他們，被困住就完了。

「不要讓他們跑了。」

晴明在櫻花樹下冷冷地說。

櫻花樹。綻放著淡紫色花朵的巨大櫻花樹。

有聲音在耳邊響起，昌浩張大了眼睛。

——尸櫻不是櫻花的顏色嗎？

——不是。

污穢的花會帶來死亡。

這種櫻花樹會讓樹木枯萎，帶來死亡。

淡紫色的花瓣，在捲起漩渦的風中飄舞。

——帶來死尸的櫻花樹……

「……尸櫻……」

不成聲的喃喃低語，從昌浩嘴巴溢出來。晴明彷彿聽見了他的低語，細瞇起了眼睛。

「沒錯，昌浩。」

昌浩的胸口劇烈震盪。

「你看，昌浩，」左手摸著尸櫻樹幹，抬頭看著櫻花的晴明說：「尸櫻的花……很美呢。」

屏住呼吸的昌浩，腦海浮現那晚在月光中賞花的光景。

好美。真的，美得像夢。那一晚，好想永遠、永遠看下去。

那之前的日子，宛如全成了遙遠的世界，感覺所有一切都不是現實。

痛楚、難過、心跳、風嘯、叫喊，全都是夢。

不，是很想當成一場夢。

眼角發熱，視野逐漸模糊，沒辦法克制，但他還是在最後關頭穩住了。感情一旦潰堤，就會土崩瓦解。昌浩比誰都了解自己。

所以他緊緊握起了拳頭。

失物之相。花。

儘管早已察覺，自己卻還是重蹈覆轍。

「紅蓮……」

低聲叫喚的昌浩，眼神沉靜，把感情完全壓抑住了。

直視著青龍的紅蓮，聽見叫喚，肩膀微微震顫。

「我要離開這裡，絕不把那兩個孩子交給爺爺。」

紅蓮沒有用言語回應。

白色火龍從紅蓮默默高舉的右手跳出來，撲向了青龍與太陰。

同一時間，勾陣蹬地躍起，抱起蹲在黑色邪念裡的兩人，跑向與紅蓮相反的方向。

「禁！」

昌浩迅速畫出五芒星，橫向掃出一直線，還沒確認保護牆是否完成，就往前衝了。

追上勾陣的昌浩，接過少女，繼續往前跑。他扭頭往後看，金色保護牆照亮了迎擊神將們的紅蓮的背影。

晴明站在對面遙遠的地方。他瞥一眼逃走的昌浩與勾陣，聳起肩膀，搖了一下頭。

被勾陣抱著的少年屍，也注視著晴明。他瞄一眼被昌浩抱著的咲光映，瞇起了眼睛。

很快又把視線轉向晴明，在嘴巴裡喃喃嘟囔著。

尸櫻，我絕不會把咲光映交給你。

呸鏘。

某處響起了水滴淌落的聲音。

10

呸鏘。

◇　◇　◇

好像聽見水滴淌落的聲音，是從哪傳來的呢？她茫然思索著。

緩緩張開眼睛的篤子，看到成親坐在床邊，滿臉嚴肅，心頭一驚，不知道該怎麼辦。

她原本打算看情形，等成親心情好時，再想怎麼報告這件事。

不，她甚至想過，乾脆到不能隱瞞時再說。

即便肚子大起來，多穿幾件衣服，還是可以矇混到某種程度。晚上說要跟孩子們一起睡，成親也不會說什麼。

孩子的確會說作了惡夢，哭著跑來叫醒她。尤其是最近，這種事特別多。

醒來後，孩子真的很害怕，會哭著跑來告訴她，但不記得作什麼夢了。只會對她說太可怕了，要跟她一起睡。

並不是一起睡就不會作夢，但即使作了可怕的夢，小孩張開眼睛看到父母在旁邊，就會有安全感。只要能靠著父母，感受那份溫暖，不管發生什麼事都不會害怕。

僅僅只是這樣。

不只小孩，大人也一樣。不管是誰，作了真的很可怕的惡夢，都會想躲進什麼人的臂彎裡。

篤子沒告訴任何人，在她察覺懷孕徵兆前，每晚都會作可怕的夢。

每天晚上都夢見，但幾乎不記得內容。

只有一次，記住了聲音。

吥鏘。

像是水珠淌落的水聲。

啊，對了，就像有東西從水裡爬出來，沾滿身上的水淌落的聲音。

感覺除了水聲外，還聽見歌唱般的聲響。

好美的音色，時遠時近、時高時低，像極了小孩子玩遊戲時哼唱的數數歌。

然而，醒來就會逐漸淡忘，不知不覺中，連作過那種夢都忘了。

剛才醒來前，作的也是那種夢。

想到是那種夢時，夢的內容就幾乎消失了。

成親看著篤子的表情，是平時少見的嚴厲。

看來是把他惹火了，篤子的心更畏縮了。

「成……親……」

她從喉嚨使力，擠出聲音叫喚，卻只發出了超乎想像的微弱聲音。

成親挑動眉毛，嘴巴緊閉成一條線，眼睛眨也不眨地盯著篤子。

為了消除丈夫的憤怒，篤子拚命想找話說。該說什麼呢？怎麼說才能取得他的原諒呢？

成親終於開口了，對找不到話說而畏怯的篤子說：

「是男孩。」

篤子聽不懂他的意思，滿臉困惑。

他又憋著聲音說：

「是男孩，絕對是男孩，不然我不認可。」

不認可什麼啊？篤子正想問時，猛然會意過來，張大了眼睛。

難道他說的是肚子裡的孩子？

「成……」

「不然會被神祓眾搶走，他們還沒死心呢。」

成親鬱悶地嘟囔著，眉間蹙起很深的皺紋。

然後，繼續在嘴巴裡碎碎唸。

昌浩自己去做了了斷，把問題又留給了下一代。只要我宣稱我們是屬於藤原家族，昌親也堅持說她的女兒已經有了未婚夫，神祓眾應該會放棄。再說，我跟昌親的力量都不強，所以我們的兒女應該都不會被選中，但最好還是防著一點。我原本想，長老的嫡系孫子是男孩，如果以後昌浩生了女兒，那就是他的問題，由他去解決就行了。現在，萬一肚子裡的孩子是個女孩怎麼辦？沒有力量也就罷了，怕就怕不小心隔代遺傳，擁有強大的力量，神祓眾絕對不會輕易放過。

篤子不清楚怎麼回事，只知道成親好像在擔心什麼事，所以有計畫地做了防備。現在，這個意圖似乎就要被摧毀了。

成親嘆口氣，把手放在疑惑地看著自己的妻子的額頭上說：

「不要太勞累，好好休息……原來妳不舒服，不是因為生病。」

「對不起……」

篤子心虛地縮起身子，但成親還是很不高興。

「既然這樣，早說嘛……妳知道我有多擔心嗎……」

這幾天，老被敏次指出他滿臉的憂鬱、講課沒辦法專心、有人提問也會聽漏，陰陽生們都懷疑他怎麼了，把他整慘了。

看到妻子快哭出來的樣子，成親嘆了口氣。

「好好保重身體……還有……」

「是。」

「我從來沒說過我不要孩子了。」

「可是，以前……」

猶豫著該怎麼說的篤子，看到成親的表情更加苦澀，就不再說了。

成親雖然還緊繃著臉，但盡量把語氣放柔和，搖搖頭說：

「那是因為當時有些小小的問題，現在都解決了。」

篤子總算安心了。

「是這樣嗎……」

「當然是啊。聽著，是男孩，絕對是男孩。妳要說給孩子聽，我也會常常說給孩子聽。」

「這……」

篤子啞然失笑，心想對我說有什麼用呢？這種事只能由神的旨意決定。人們對某件事再怎麼期望，也不能違背神的旨意。

可能是安心後，精神放鬆了，昏昏沉沉的睡意襲向了篤子。

成親默默陪在篤子身旁，直到她閉上眼睛，發出規律的鼾聲。

「真是的，怎麼不早點告訴我呢……」

讓妻子煩惱這麼久，他覺得很抱歉，但也有點氣妻子隱瞞他。氣到很想逼問妻子，從以前到現在，他有對懷孕這件事不高興過嗎？

只要無損妻子的健康，不管生幾個，他都會開心地擁抱他們，不可能不疼愛他們。

篤子睡著的臉，看起來有層陰霾。成親把手放在她臉上，低聲唸起咒文，祈禱篤子可以睡得香甜、孩子可以平安地成長。

很久沒聽到周遭有人懷孕的消息了，最近一次是藤原行成的夫人。

注視著妻子的成親，眼神浮現些許憂愁。

行成的夫人去年生下孩子就死了，女兒出生沒多久也斷氣了。行成的哀嘆聲令他十分心痛，不知道該說什麼。

跟他關係有點遠的皇后，也是生下孩子沒多久就死了，而御匣殿是懷著孩子死去。從此以後，再也沒有皇上的后妃傳出喜訊。

即便有了徵兆，也生不下來。

忽然，成親的背脊一陣冰涼。

沉睡的妻子的臉頰有些憔悴。
懷上面三個孩子時，有瘦成這樣嗎？
「——」
成親的心臟彷彿被狠狠踹了一腳。

呸鏘。

水滴聲傳入耳裡，成親倒抽了一口氣。
到底從哪傳來的？
環顧四周的成親背後，響起有點顧慮的叫喚聲。
「父親……」
他回過頭，看到三個孩子都不安地看著自己。
他向他們招手，他們就躡手躡腳地走過來，並排坐在篤子枕邊。
「母親的身體不好嗎？」
國成擔心害怕地問，成親強裝出開朗的樣子說：
「不，她只是有點累。藥師說，只要好好休息，吃點滋補的東西，很快就能恢復體力。」

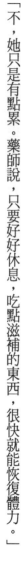

眼睛快掉下淚來的孩子們，表情頓時亮起來，鬆了一口氣。

成親輪流撫摸三人的頭，抹去了剛才像荊棘般扎刺著胸口的小小疑慮。

看到六合抱著女兒回來，昌親爬出墊褥，抱緊了女兒。

「梓！……太好了，妳沒事……」

臉白得像張白紙的梓，一時退燒的熱度又高起來，額頭冒汗，不停地呻吟。

昌親在枕邊緊握著梓的手，聽到她的夢囈，皺起了眉頭。

梓似乎不斷重複著同樣的話。

「梓，妳怎麼了？妳到底在說什麼……」

呻吟好一會後，梓緩緩把眼睛張到一半，斷斷續續地說：

「……的……花……消失……」

在梓腦海裡浮現的畫面，是件站在水面上，像人工做出來的眼睛動也不動，重複說著同樣的話。

紅蓮使出全力，擋回青龍放出的猛烈衝擊波、太陰的強勁風勢，確認昌浩他們是否完全脫離了現場。

然而，在一隻手被晴明用法術封住神氣的狀態下，他自己也很危險。

戴著抑制神氣的金冠，繼續遭受全力攻擊，即便擁有最強的稱號，恐怕也支撐不了不多久。

他們使出全力發動攻擊，紅蓮卻不想傷害他們。

他不知道晴明在想什麼，而且心中一直有個疑團困擾著他。

站在尸櫻下的老人，真的是他們的主人安倍晴明嗎？

會不會是別人？或是有誰冒充他呢？

但真是這樣的話，青龍他們為什麼會聽命於他？十二神將只聽命於安倍晴明，其他人冒充他，也不可能逃得過神將們的法眼。

那兩個孩子——屍與咲光映，是真相的關鍵。

紅蓮心想必須設法離開這裡，與昌浩他們會合。

正在找尋同袍們破綻的他，不由得屏住了氣息。

又有新的神氣出現在尸櫻飄落的花瓣中。

那個神將拔出背上的大刀，把刀尖朝向紅蓮。

長度與身高差不多的大刀，綻放光芒改變了形狀。

紅蓮結結實實地打了個寒顫。

他覺得心跳猛然加速，全身頓時沒了血色。

「不要阻礙我們，騰蛇。」

紅蓮揚起一邊嘴角，對放話的同袍說：

「你也來了啊，朱雀。」

射穿紅蓮的淡金色眼眸，閃爍著酷烈的光芒。

他是十二神將火將朱雀，唯一的職責就是殺死神將。

紅蓮不能再堅持不要傷害同袍了。

戴在他額頭上的金冠應聲碎裂，從他全身迸射出火焰鬥氣，在場所有人都被震懾了。

火柱衝上天際，被火焰煽動的熱風狂亂地舔過櫻花。

「讓開！朱雀、太陰、青龍！」

青龍衝向怒吼的紅蓮。

「住口！」

從他揮舞的大鐮刀炸開渾身鬥氣，撕裂了地面。

灼熱的神氣阻擋衝擊，摧毀大鐮刀，制伏了青龍。

太陰擊出的龍捲風，對準了紅蓮的腦袋。紅蓮拋開青龍，召來白色火焰龍，襲向了太陰。

被火焰纏繞的太陰，發出尖叫聲，奮力掙扎。

「太陰，退下！」

死命踹開火焰的太陰，對著紅蓮慘叫般大叫：

「我不聽，你住口，騰蛇！」

風捲起了漩渦。

「太陰！」

太陰邊哭邊甩開震盪大氣的紅蓮的怒氣。

「我要保護晴明！」

老人在樹下冷笑。紅蓮的眼眸一片深紅。

「妳說那是晴明？」

耳邊忽然響起沉穩的聲音。

「沒錯。」

青龍和太陰的攻擊是假動作。

毫不受灼熱神氣影響的朱雀，趁機滑入他們之間，揮起了大刀。

「他是如假包換的安倍晴明。」

冰般的衝擊貫穿紅蓮的胸膛。

「他是我們十二神將的主人。」

凝結的深紅色眼眸，鮮明地映著被冷冷拔起的火焰刀刃，以及從刀尖淌落的血滴。
有地獄業火之稱的灼熱神氣，無聲無息地消失了。
被殺死神將的火焰刀刃貫穿的傷口，溢出了鮮血。
抓住朱雀手腕的手，沒辦法使力了。
視野角落掠過冷冷嗤笑的晴明的臉。
彷彿一場惡夢。
那居然是晴明。
「……不可能……」
然而，貫穿身體的衝擊、將神氣連根拔除的刀刃觸感，都如此真實。

◊　◊　◊

呸鏘。
水滴淌落的聲響，是來自哪裡呢？
奔跑的昌浩突然想起這件事。

他環視周遭。

他與勾陣穿越森林，在濃稠延伸的黑暗中不停地全力奔馳。

不管怎麼跑，妖氣還是追上來。白色火焰在昌浩體內嫋嫋搖曳。

晴明的妖氣是跟隨這道火焰而來。

彷彿聽見水聲的昌浩，定睛凝視。

黑影擴散。有黑色的東西，從延伸的黑影伸出手來，要捕捉昌浩與勾陣。

悄悄逼近的邪念，追趕著昌浩他們。

吥鏘。

又響起了水滴聲，聲音大得驚人，昌浩和勾陣不由得停下腳步。

黑暗無限延伸。昌浩腳下、覆蓋世界的夜幕，都是比黑暗還要漆黑的黑。

但仔細一看，靠近腳尖的地方，有水波靠過來，搖晃蕩漾。

昌浩往後退。

「沼澤？」

那是水面，不小心繼續往前走，就沉下去了。

後退的昌浩，發覺水噠噗一聲鼓起來。

水迸裂，有東西浮上來。淌著水滴出現的東西，有牛的身體、人的臉，是隻妖怪。

昌浩的心臟咚咚狂跳。

件盯著昌浩，緩緩張開了嘴巴。

『火焰之花將消失於同袍之手——』

昌浩的眼眸凝結，心想怎麼可能。

花朵圖案的球、被黑影吞噬的梓。

心臟咚咚狂跳。

在花瓣飛舞中冷笑的晴明。

不，不對。

為什麼沒想到呢？

失物之相。花。

唯一的主人為十二神將火將騰蛇取了名字。

那個名字就是紅蓮。

鮮紅的血滴淌落在飄舞的花上。
闔上眼睛的紅蓮，蜷曲著蹲下來，不支倒地。

少年仰頭看密密麻麻結滿花蕾的樹木，不由得全身發抖。

好可怕。

想到自己將要做的事，他覺得好可怕。

但還有比這更可怕的事。

少年深深吸了一口氣。

這個國家的神，幫不了忙。但國外的神，一定可以做得到。

只是這麼做違反人道。

但他許下過承諾。無論如何都要遵守。所以，他不惜做任何事。

躺在櫻花樹下，穿著全新白衣的女孩，不用背負任何責任。

所有事都是他自己做的決定。

這麼做全都是為了不想失去她。

「聽聞此聲，恭請降臨此地，呈獻妳之身。」

少年對著櫻花樹、對著天，放出了顫抖的言靈。

「十二神將之一，天乙貴人！……」

我會保護妳，
不惜違背天意。
我會保護妳，
不惜破壞世界天理。
我會保護妳，
不惜粉碎未來。
我會保護妳，
不惜此身墮落為鬼。

然而，也因為這樣，
我再也不能深情地呼喚妳的名字。

後記

這次的後記只有一頁，好短，所以想到什麼就寫什麼。

為奪下多面金牌的倫敦奧林匹克瘋狂的夏天結束了。

在夏天，與中暑交戰，已成了每年的慣例。然而，不可思議的是，沒有熱到汗流浹背，又覺得做什麼事都不順心。八成是身體已經變成「夏天模式」了吧？總之，今年是平安度過了，機器也安然無恙。

為我慶祝夏末生日的各位，謝謝你們。不管幾歲，能得到言靈的祝福，都是件開心的事。

另外，《大搜查線》也在九月拉下了布幕，結束了十五年的歷史。心頭曾掠過一陣惆悵，但這份喜愛不會褪色。我會永遠愛著這部戲。

下一本是《怪物血族》第五集。

期待各位的感想與人氣排行榜投票。

那麼，後會有期了。

結城光流

少年陰陽師
しょうねん　おんみょうじ
叁拾玖
妖花之塚
うごもつ蔽に捧げもて
2015年
1月出版
件的預言都會成真！
十二神將的支柱紅蓮，竟被朱雀用專弒神將之劍刺殺！
在這生死攸關之際，昌浩與勾陣倉皇逃離晴明和神將的追擊，
並與同被追殺的屍和咲光映相伴而行。
此刻尸櫻的邪念如惡浪般湧現，
看著誓言保護咲光映的屍，
昌浩忽然從屍的身上看見了過去的自己……

國家圖書館出版品預行編目資料

少年陰陽師.叁拾捌,蜷曲之滴／結城光流著；涂愫芸譯.-- 初版. -- 臺北市：皇冠, 2014.9
面；公分.--(皇冠叢書; 第4419種)(少年陰陽師; 38)
譯自：少年陰陽師38：こぼれる滴とうずくまれ
ISBN 978-957-33-3102-5(平裝)

861.57 103016266

皇冠叢書第4419種
少年陰陽師 38

少年陰陽師——
蜷曲之滴

少年陰陽師38
こぼれる滴とうずくまれ

Shounen Onmyouji ㊳ Koboreru Shizuku to Uzukumare

Edited by KADOKAWA SHOTEN
First Published in JAPAN in 2012 by KADOKAWA CORPORATION, Tokyo.
Chinese translation rights arranged with KADOKAWA CORPORATION, Tokyo.
through TOHAN CORPORATION, Tokyo.

作　　者—結城光流
譯　　者—涂愫芸
發 行 人—平雲
出版發行—皇冠文化出版有限公司
台北市敦化北路120巷50號
電話◎02-27168888
郵撥帳號◎15261516號
皇冠出版社(香港)有限公司
香港上環文咸東街50號寶恒商業中心
23樓2301-3室
電話◎2529-1778　傳真◎2527-0904
責任主編—盧春旭
責任編輯—蔡維鋼
美術設計—程郁婷
著作完成日期—2012年
初版一刷日期—2014年9月

法律顧問—王惠光律師

讀者服務傳真專線◎02-27150507
電腦編號◎501038
ISBN◎978-957-33-3102-5
Printed in Taiwan
本書特價◎新台幣199元/港幣67元

皇冠60週年回饋讀者大抽獎！
600,000現金等你來拿！

參加辦法 即日起凡購買皇冠文化出版有限公司、平安文化有限公司、平裝本出版有限公司2014年一整年內所出版之新書，集滿書內後扉頁所附活動印花5枚，貼在活動專用回函上寄回本公司，即可參加最高獎金新台幣60萬元的回饋大抽獎，並可免費兌換精美贈品！

●有部分新書恕未配合，請以各書書封（書腰）上的標示以及書內後扉頁是否附有活動說明和活動印花為準。
●活動注意事項請參見本扉頁最後一頁。

活動期間 寄送回函有效期自即日起至2015年1月31日截止（以郵戳為憑）。

得獎公佈 本公司將於2015年2月10日於皇冠書坊舉行公開儀式抽出幸運讀者，得獎名單則將於2015年2月17日前公佈在「皇冠讀樂網」上，並另以電話或e-mail通知得獎人。

抽獎獎項

60週年紀念大獎1名：獨得現金新台幣60萬元整。

●獎金將開立即期支票支付。得獎者須依法扣繳10%機會中獎所得稅。●得獎者須本人親自至本公司領獎，並於領獎時提供相關購書發票證明（發票上須註明購買書名）。

讀家紀念獎5名：每名各得《哈利波特》傳家紀念版一套，價值3,888元。

經典紀念獎10名：每名各得《張愛玲典藏全集》精裝版一套，價值4,699元。

行旅紀念獎20名：每名各得 deseño New Legend尊爵傳奇28吋行李箱一個，價值5,280元。

●獎品以實物為準，顏色隨機出貨，恕不提供挑色。
●deseño尊爵系列，採用質感金屬紋理，並搭配多功能收納內襯，品味及性能兼具。

時尚紀念獎30名：每名各得 deseño Macaron糖心誘惑20吋行李箱一個，價值3,380元。

●獎品以實物為準，顏色隨機出貨，恕不提供挑色。
●deseño跳脫傳統包袱，將行李箱注入活潑色調與簡約大方的元素，讓旅行的快樂不再那麼單純！

詳細活動辦法請參見
www.crown.com.tw/60th

主辦：皇冠文化出版有限公司
協辦：平安文化有限公司
平裝本出版有限公司

皇冠60週年集點暨抽獎活動專用回函

請將5枚印花剪下後，依序貼在下方的空格內，並填寫您的兌換優先順序，即可免費兌換贈品和參加最高獎金新台幣60萬元的回饋大抽獎。如遇贈品兌換完畢，我們將會依照您的優先順序遞換贈品。

●贈品剩餘數量請參考本活動官網（每週一固定更新）。所有贈品數量有限，送完為止。如贈品兌換完畢，本公司有權更換其他贈品或停止兌換活動（請以本活動官網上的公告為準），但讀者寄回回函仍可參加抽獎活動。

1. ____________ 2. ____________ 3. ____________

●請依您的兌換優先順序填寫所欲兌換贈品的英文字母代號。

1 2 3 4 5

□（**必須打勾始生效**）本人____________（**請簽名，必須簽名始生效**）同意皇冠60週年集點暨抽獎活動辦法和注意事項之各項規定，本人並同意皇冠文化集團得使用以下本人之個人資料建立該公司之讀者資料庫，以便寄送新書和活動相關資訊。

我的基本資料

姓名：____________

出生：________年________月________日　性別：□男　□女

身分證字號：____________（僅限抽獎核對身分使用）

職業：□學生　□軍公教　□工　□商　□服務業

□家管　□自由業　□其他

地址：□□□□□ ____________

____

電話：（家）____________（公司）____________

手機：____________

e-mail：____________

□我不願意收到皇冠文化集團的新書、活動edm或電子報。

●您所填寫之個人資料，依個人資料保護法之規定，本公司將對您的個人資料予以保密，並採取必要之安全措施以免資料外洩。本公司將使用您的個人資料建立讀者資料庫，做為寄送新書或活動相關資訊，以及與讀者連繫之用。您對於您的個人資料可隨時查詢、補充、更正，並得要求將您的個人資料刪除或停止使用。

◎請沿虛線剪開、對摺、裝訂後寄出。

◎請沿虛線剪開、對摺、裝釘後寄出。

皇冠60週年集點暨抽獎活動注意事項

1. 本活動僅限居住在台灣地區的讀者參加。皇冠文化集團和協力廠商、經銷商之所有員工及其親屬均不得參加本活動，否則如經查證屬實，即取消得獎資格，並應無條件繳回所有獎金和獎品。

2. 每位讀者兌換贈品的數量不限，但抽獎活動每位讀者以得一個獎項為限（以價值最高的獎品為準）。

3. 所有兌換贈品、抽獎獎品均不得要求更換、折兌現金或轉讓得獎資格。所有兌換贈品、抽獎獎品之規格、外觀均以實物為準，本公司保留更換其他贈品或獎品之權利。

4. 兌換贈品和參加抽獎的讀者請務必填寫真實姓名和正確聯絡資料，如填寫不實或資料不正確導致郵寄退件，即視同自動放棄兌換贈品，不再予以補寄；如本公司於得獎名單公佈後10日內無法聯絡上得獎者，即視同自動放棄得獎資格，本公司並得另行抽出得獎者遞補。

5. 60週年紀念大獎（獎金新台幣60萬元）之得獎者，須依法扣繳10%機會中獎所得稅。得獎者須本人親自至本公司領獎，並提供個人身分證明文件和相關購書發票（發票上須註明購買書名），經驗證無誤後方可領取獎金。無購書發票或發票上未註明購買書名者即視同自動放棄得獎資格，不得異議。

6. 抽獎活動之Deseno行李箱將由Deseno公司負責出貨，本公司無須另行徵求得獎者同意，即可將得獎者個人資料提供給Deseno公司寄送獎品。Deseno公司將於得獎名單公布後30個工作天內將獎品寄送至得獎者回函上所填寫之地址。

7. 讀者郵寄專用回函參加本活動須自行負擔郵資，如回函於郵寄過程中毀損或遺失，即喪失兌換贈品和參加抽獎的資格，本公司不會給予任何補償。

8. 兌換贈品均為限量之非賣品，受著作權法保護，嚴禁轉售。

9. 參加本活動之回函如所貼印花不足或填寫資料不全，即視同自動放棄兌換贈品和參加抽獎資格，本公司不會主動通知或退件。

10. 主辦單位保留修改本活動內容和辦法的權力。

寄件人：

地址：□□□□□

請貼郵票

10547 台北市敦化北路120巷50號

皇冠文化出版有限公司 收